「ああ、これはまるで婚礼の道だな」
花と花弁も一向に収まらない。二人の歩く道が鮮やかに染まっていく。（本文より抜粋）

DARIA BUNKO

氷の王子と魔法使いは花の褥で恋を語らう

水樹ミア

ILLUSTRATION 羽純ハナ

ILLUSTRATION
羽純ハナ

CONTENTS

氷の王子と魔法使いは花の褥で恋を語らう

次の者、入りなさい、という硬い声が扉の向こうから聞こえてくる。

ラファは深呼吸をした。

目の前には村の中心に立つ集会所の扉がある。外見は天高く聳《そび》える大樹だが、周囲の葉は大樹のものではなく寄り添うように生えた若い樹や蔦《つた》の葉だ。大樹本体は既《すで》に寿命を終えていて、幹の中が空洞になっている。その空洞が集会所として使われているのだ。

「南の国に行くことになったの」

複雑に隆起している根や幹の向こうにいるのだろう。軽やかな少女の声が風に乗って聞こえてくる。

南の国。ラファは夢想する。この森よりも遥《はる》かに大きく果てのないという海。色鮮やかな花々、珍しい果実、褐色《かっしょく》の肌の人々。いずれもラファは実物を見たことがない。人に聞いたり本を読んだりして知っているだけだ。

南でも、北でも、どこでもいい。外の世界に行きたい。

ラファは焦燥《しょうそう》を胸に閉じ込めるようにもう一度深呼吸をして目の前の扉を叩《たた》いた。

中に入ると、大樹の幹にはあちこち穴が開いており、そこから光が差し込んでいて明るい。壁面は苔《こけ》と蔦に覆われていて、森の中にいるようでもある。

五十人は集まれる広間の中央には、ラファの父親のイルトが静かに佇《たたず》んでいた。ラファはイルトの前まで歩いていき、イルトに向かい合って拳《こぶし》に力を込めた。

「ラファか。お前で最後だな」

　イルトは父親ではなく、族長の顔をしていた。ラファも息子ではなく村の一員としてイルトに頷《うなず》く。

「いくつになった？」

　息子の歳くらい覚えているだろうが、イルトは聞いてくる。

「この前の春で二十歳《はたち》です。父さん、いいえ、族長。どうか外へ行く許可を。外で働かせて下さい」

　ラファはイルトをはっきりと見据え、願いを口にした。

　今回こそ。そんな思いがラファの胸の内にある。

　固唾《かたず》を呑《の》むラファの目の前で、イルトは眉間《みけん》に皺《しわ》を寄せる。ラファは十歳のときに亡くなった母親に似て線の細い容貌《ようぼう》だが、イルトはどちらかというとがっしりとしている。髪色もラファは春の陽溜まりのように柔らかい色の金髪だが、イルトは冴《さ》え冴《ざ》えした色の銀髪だ。だが、新緑の瞳だけはよく似ている。

　イルトは男らしく整えた髭《ひげ》をざらりと撫《な》でて、ゆっくりと頷いた。

「ラファ。お前の春の魔法は稀少《きしょう》なうえに有益だ。植物を芽吹かせたり成長を促したりする力は農耕の役に立つ。動物を穏やかにする春の気は、害獣を余所《よそ》へと誘導することもできるだろう」

「じゃあ」

褒められてラファは新緑の瞳を輝かせた。もしかしたら今度こそ。そう思うと目の前が明るくなった気がする。

「だが、駄目だ。村から出ていくことは許さない」

「どうしてですか！」

ラファは前のめりに問《と》い質《ただ》した。ほとんど同時にはらりはらりと目の前で花弁が散る。

「あ……」

「どうもこうもない。それのせいだ」

イルトは溜息を零《こぼ》し、頭を振る。

「魔法使いを欲しがる者は多い。下手《へた》に正体を知られたら魔法使い攫《さら》いに捕まって奴隷にされる危険もある。特にこのレガレノの森の魔法使いは荒事には不向きだ」

それはラファも承知している。魔力を持つ人間は村の外にもたまにいるが、魔力を持つだけでは魔法は使えない。魔力を持って生まれ、精霊の加護を得た者だけが精霊に力を借りて魔法を使える魔法使いとなれるのだ。普通の人間にとって魔法は奇跡の力にも等しい。

精霊は争いを厭《いと》うため、戦うための魔法は存在しない。そのうえ、レガレノの森の魔法使いは、精霊の気持ちに寄り添い、魔法で人を傷付けないという誓いを立てる掟がある。おかげで魔法使いとしての力は強力なものとなるが、魔法使い攫いからすれば極上の獲物だ。

「外に出るならば必要な人間以外には魔法使いであることは秘密にしなければならない。しかしラファ。お前のその花を振り撒く力は、魔法使いと宣伝しながら歩き回るようなものだ」

普段はラファに優しい父は、魔法使いの一族が住むこの村で、族長を務《つと》めるだけの実力と厳しさも兼ね備えている。

ラファは俯《うつむ》いた。目の前を、結わえている長い髪に引っかかっていた薄い黄色の花弁が一枚落ちていった。

先ほど目の前が明るくなった気がしたのは錯覚ではない。ラファの周辺に潜む名もなき精霊が、ラファの気持ちの高揚に呼応して大気から花を生み出すときの魔法の光だ。嬉しかったり楽しかったりする気分は春の気と通じる。ラファがそういった気分になると、名もなき精霊が勝手に花弁や花を生み出す。

「目くらましの魔法を使えば」

「一日や二日ならともかく、一ヶ月も二ヶ月も使い続けるのは無理だろう」

何度も繰り返してきた問答だ。正論の答えにラファは押し黙る。

「ラファ。理解しなさい。お前を外に出さないのはお前のためだ」

「でも俺は、村の皆の、人の役に立ちたいんです」

ラファは膝《ひざ》の上と髪に引っ付いた花弁をばさばさと振り払い、胸に手を当てて告げる。

「二十歳にもなって外に出ていけないのは俺くらいです」

魔法使いのこの村の成人は十八歳だ。村の人間は、成人すると村を出ていくことを許される。外の世界で魔法を使って金銭を得て、村で必要なものを得て戻ってくる。

村を抱くレガレノの森は豊かだ。だが、人間が暮らすために必要な全てを森から賄《まかな》えるわけではない。例えばパンを作るために必要な小麦。森の大規模な開墾《かいこん》は村の掟で禁じられているから外の世界から得るしかない。他にも、衣服や金属、装飾品。特に魔法薬や魔法具に使う素材は非常に高価だから、金銭も必要だ。

「外に出るだけが人生ではない。私だってもう十年は外に出ていない」

「父さんは族長の責任があるからでしょう」

ラファは反論した。イルトは眉間を揉《も》み込む仕草をした。

「お前だってこの村で充分に役に立っている。族長として、お前の父親として、お前にはこの村にいて欲しいと思っている」

役に立っているとはどういう意味だろう。ラファは魔法に長《た》けていると言われるが、村は皆が魔法使いだ。生活に必要な魔法は全員が使える。ラファの出番はない。

ラファがこの村でやっていることは、魔法具の製作や修理の他、森で狩りをしたり、薬草や木の実を採集したりといった雑用だけだ。それらは全て自分の興味や生活のためで、誰かの役に立っているわけではない。働き盛りの自分がこんなことしかできないとなると、ただの穀潰《ごくつぶ》しではないだろうか。

「……わかりました」

葛藤《かっとう》の末、ラファは歯を食い縛り、族長である父親の言葉に従った。

「今回は諦めます」

なんとかそれだけは告げて、ラファは村の集会所を出た。

秋の終わりの夕暮れ。

全員が顔見知りの小さな村は、いつにない雰囲気に包まれている。

集会所の前に広がる村の中心の広場には、各家から持ち寄った卓や椅子が並べられ、簡易の舞台も作られている。

「飾りはもっと派手にしないと」「焚《た》き火の薪《まき》は足りるか」「あの奥さんの料理は美味《おい》しいぞ」「こら摘まみ食いをするな」と、あちこちから声が上がる。

準備をする老若男女の顔は皆、晴れやかだ。

春と秋。村では年に二度祭りが行われる。

「ラファ？　あなたが最後だったのね。どうだったの？」

ラファに気付いた三軒隣の家の少女が少し緊張した様子で声をかけてきた。薄い金色の髪と青い瞳。ラファが集会所に入る前、南の国に行くのだとはしゃいでいたのは、成人したばかりの彼女に違いない。

「うん……。今回も俺の仕事はないみたい」

年に二度の祭りでは、村人の成人を祝うとともに、族長が各地から舞い込む魔法使いの招《しょう》聘《へい》の依頼を成人後の村人に振り分けるための面談が行われる。ラファが成人してから六回目の面談だったが、今回もラファには仕事は割り振られなかった。

「そうなんだ。ああ、でも元気を出して。村の外に行くだけが仕事じゃないわ」

「……そうだね」

自分よりも年下の少女に慰められて、ラファはますます自分の立場が悲しくなった。だが、少女に非があるわけではもちろんない。

ラファは息を吸い込んだ。晩秋の冷えた空気が肺を満たすと、少しだけ心が晴れる。そっと頬《ほほ》を抓《つね》って、ラファはいつも通りににこやかな表情を浮かべて頷いた。

「ありがとう。君は頑張っておいでよ。ただし、無理はしないこと」

微笑《ほほえ》みかけると、少女の頬がまさに見上げる空と同じ色に染まる。

「ありがとう。ねえ、ラファ。よかったら今日、私と踊ってくれないかな」

一生懸命さが伝わってくる誘いの言葉だった。村の祭りで一緒に踊る。それは村中で公認の恋人同士になるということだ。

少女から向けられる好意には以前から気付いていた。今日の祭りと、南へ行くという高揚感から思い切って言ってみたのだろう。

「悪いけど、それはできない」

ラファは冷たい声にならないように気を付けながら、はっきりと断った。

少女の顔が青褪《あおざ》める。

「君は可愛いから、踊りたいって男が他にもいるよ」

本心だ。でも必要以上に言えば、余計に傷付ける。

「ごめんね。この後、用事があるんだ」

ラファはなるべく不自然にならないように注意して会話を終わらせた。

「じゃあ、今日は楽しんで」

少女に挨拶《あいさつ》をして、広場に背を向けて少し歩き、森に入る。

足元は暗いが、慣れた森で迷うことはない。

しばらく進むと、泉のほとりに出る。

村の方から笛の音が聞こえてきた。今夜の祭りで奏でる曲の練習でもしているのだろう。

秋の夕暮れは短い。辺りはあっという間に暗闇に染まっていく。

ラファは指先で空中に精霊への合図を特別な文字と記号で綴《つづ》った。精霊の加護を得た者だけが、こうして魔力を使って精霊と交信できるのだ。すぐに、ぽっ、ぽっと、燐光《りんこう》が現れて、辺りを柔らかく照らす。暗がりの水面で、魚がぱちゃんと跳ねた。

「ラファ。あの子、振ってよかったの？」

ふと、どこからともなく声がした。次いで小さな羽音が響いて、肩に軽い重みが乗る。

「リリ」

ラファの生み出した魔法の光に照らされたのは小鳥だ。綿毛のような丸くて白い身体で、頭から尾羽にかけてと翼の先端が薄赤に染まっている。

「よかったのって言われても、外にも行けない俺と外に行ける彼女じゃ釣り合わないよ」

ラファは次々に指先に燐光を生み出して前に放り投げる。繰り返していると、真っ暗な水面の上に、蛍《ほたる》のような光が増えていく。ちょうど百の光になったところで、ラファが指先を動かすと、光は螺旋《らせん》を描いて上に昇ったり、かと思えば四方に規則正しく散らばっていったり、さらにいくつもに分かれていったりする。

「普通の魔法はちゃんと制御できるのに」

光をリリの形に似せて羽ばたかせたり、村の通りや、父親の顔を描いたりするのも自由自在だ。

この世界は隅々にまで精霊がいて、魔法はその精霊達の力を借りる。光を灯《とも》すのには光の精霊の力を借りるし、その光を動かすには風の精霊の力が必要だ。

魔法使いには精霊との相性があって、魔法使いによって使える魔法の種類が違うのだが、ラファは全ての精霊達と相性がよいらしく、ほとんどの魔法を使える。そのうえ、これほど魔法を繊細に使いこなせる者は他にいないと、村の長老達にも褒めてもらえた。でも、全員が魔法使いのこの村にいる限り、あまり意味がない力だ。

「ラファ。また駄目だったんだ」

リリが伸びでもするように翼を片方ずつ広げて折り畳む。

「まあね」

「そりゃあ仕方ない。ラファはあれだからね」

リリは小鳥の姿をしているが、実際には精霊の一種だ。レガレノの森にはリリのような存在がいくつもいる。精霊のほとんどは意思のない存在——名もなき精霊と呼ばれる——なのだが、たまにリリのように意思を持ち、生き物の姿をしたもの——妖精——が生まれてくる。妖精は実体を持つので魔法使い以外にも見えるし、会話もできる。

「あれって何だよ。人をまるで化け物みたいに」

ラファは唇《くちびる》を尖《とが》らせた。

ラファには春の精霊の加護がある。四季の精霊の加護はただでさえ珍しい。そのうえ、ラファが授かった加護は非常に強力だった。ラファが生まれたのは春が告げられたその日だったのだが、産声《うぶごえ》に呼応するように、地面は緑に覆われ、春の花が咲き誇り、穏やかな気に引かれた森の動物達が村を取り囲んだのだそうだ。村でも稀《まれ》にも見ない珍事だった。

春は喜びの季節。ラファの気持ちが高揚すると、魔力が春の気として漏れ出て、そこらの名もなき精霊が呼応して勝手に花弁や花を生み出す。赤ん坊の頃には、ラファが笑うだけで、村中に花が降ったらしい。

強力な加護は魔力を魔法として使う術《すべ》を身に付けた今でも御しきれず、ラファの喜びとともに、どこからともなく花弁や花が降ってくる。

「外に出ていけなくても若者なんだから、恋でもすれば楽しいんじゃない？　さっきの子、まだ間に合うんじゃないの？」

「精霊のくせに、どうしてそう俗物っぽいかな」

ラファは苦笑した。それにラファは花弁を降らせるせいで自分の気持ちに嘘が吐けない。魔法で降らせて誤魔化すこともできるが、いつか知られてしまうだろう。そうなったら彼女を傷付けてしまうに違いない。

「俗物ってなんだよ。恋して交尾するのは生き物の摂理じゃないか」

「交尾って」

精霊にとっては人間も動物も同じなのだろう。

ラファとて成人男子だ。魔法使いは普通の人間より性欲が薄い傾向にあるらしいのだが、ないわけではない。溜まったものを出す行為もたまに行っている。だが、そういった行為を義務のようにするとき、具体的な相手を思い浮かべることはなかった。

先ほどの少女だって可愛いとは思う。でも、彼女とどうしたいという気持ちはまったく湧《わ》いてこない。恋なんてどんなものか想像もつかない。兄や友人達が言うには、その人のことを寝ても覚めても考えてしまうとか、守ってやりたいという気持ちがどうだとからしいが、ラファにはさっぱりわからない。守ってやりたいという気持ちなら先ほどの少女にも感じるが、子供達に対してもそう思うし、男勝りの姉にだって同じように思う。世の中では、本物の恋の前では性別も年齢も関係ないなんて言われているらしいが、ラファのこれは恋ではないだろう。

恋もわからず肉欲も薄い。運命的な出会いでもなければ、自分は一生誰とも結婚も性交もしないかもしれないとさえ思えてしまう。いや、もしかしたら村の外に出たら変わるのだろうか。外、外、外。ラファの頭の中はそのことでいっぱいだ。

パチンと指を鳴らして繰っていた光を消し、叢《くさむら》にごろりと横になる。肩に掴《つか》まっていたリリが慌《あわ》てて飛び立ち、危ないと高い声で囀《さえず》った。ラファは今度は声を上げて笑った。

秋の宵の森の褥《しとね》はひんやりしている。悪くない心地だ。そう思いながら、梢《こずえ》の合間の空を見上げた。藍色《あいいろ》の空には星が瞬いている。

リリはラファの視界の中でぐるりと旋回して、ラファの鳩尾《みぞおち》の辺りにぽすっと落ちてきた。

「うぐっ」

軽いが結構な速度だったのでラファは呻《うめ》いた。

「お返し！」

「リリ……」

ラファは噎《む》せながら、胸の上で真ん丸になって不貞腐《ふてくさ》れるリリを撫でる。妖精だがちゃんと温かい。しんしんと冷えてくる夜に、リリの体温はありがたかった。

レガレノの森は嫌いではない。村での生活にも不自由はしていない。ただ、他人の役に立てていないというだけだ。

ラファはこれまでも特別な魔法具を使って力を抑えたり、感情の制御を試みたり、できる限りのことはしたが、ことごとく失敗に終わった。

この村から出ずに一生を過ごす。

いつかそう決意する日が来るだろう。だが、二十歳のラファはまだ希望を捨てきれないでいた。


「ラファ。どこに行ってたんだ」

「兄さん」

村に戻ると、既に祭りは始まっていた。篝火《かがりび》が煌々《こうこう》と焚かれ、人々がご馳走を食べながら語り合っている。

ラファに真っ先に気付いて声をかけてきたのは兄のシイノだった。

「いつ戻ってきたんですか?」

「ついさっきだ」

シイノは父親似の精悍《せいかん》な顔で、にかっと笑う。

「お仕事は？」

「もちろん完遂したさ。東の国で灌漑《かんがい》のために川の水の流れを変えたんだが、なかなかの大仕事でな」

シイノは誇らしげに語る。

「聞かせて下さい」

羨《うらや》ましさもあるが、外の世界の話は面白い。

シイノに促されて広場の端の椅子に座り、ラファは兄に村の外での話を請《こ》うた。

村とは比べものにならない数の人間が住む街や、煌《きら》びやかで整然とした城下町。物がところ狭しと並べられる商店。森では見られない美しい風景の数々。

「兄さん。俺も外に出たい」

人の役に立ちたい。その気持ちが最も強い。けれどそれだけでなく、外の世界への憧れもあることを兄の話を聞いてラファは改めて自覚する。

シイノが微《かす》かに目を瞠《みは》って、苦笑を浮かべる。

「お前のこれを制御できるような魔法具でもあればな」

既に父からラファが今回も外への仕事を与えられなかったことを聞いていたのだろう。シイノはラファの頭をくしゃっと撫でる。離れていったシイノの手は、橙《だいだい》色の花弁を一枚摘まんでいた。夏に咲く、太陽に焦《こ》がれる花の花弁か。

「あ……」

話を夢中で聞いているうちにまたやってしまったのか。

「村での暮らしは嫌いか？」

シイノは摘まんだ花弁を弾く。花弁はぱちんと音を立てて水滴に変わった。シイノは雨の日に生まれて、水の精霊の加護を得た。水の魔法にかけては村でシイノに敵《かな》う者はいない。

ラファは地面に染み込む水滴を見詰める。魔法は無から何かを生み出すわけではない。ラファが降らせた花弁も、大気に漂う元素から生み出されたものだし、その元素を魔法で変化させるとこうして花弁が水になる。

「嫌いじゃないよ。村は好きだ」

嘘《うそ》ではない。ラファの言葉に、シイノは頷く。

「全ては巡りの中。魔法は精霊の力を借りて、元素の変化を促すもの。魔法使いは変化を起こすための触媒に過ぎない。どこでどんな生き方をしたとしても魔法使いの在《あ》り方は変わらない」

シイノは魔法使いの教えを使ってラファを諭《さと》した。ラファだってそれは理解している。

誰かが遠くからラファを呼ぶ声がする。

「ラファ、呼んでるぞ。いつものやつだ」

ラファは苦笑して頷いて、光を灯した指先で魔法の言葉を描く。春の精霊へ送る合い言葉だ。最後に指を弾くと、広場いっぱいに花弁が舞い降りてくる。赤、白、黄色、青。色も形も様々だ。

わあっと歓声が上がった。

「やっぱり祭りにはラファの花がないと！」

「俺からいくぞ！」

はらはら散っていた花弁は、風に巻き上げられて、空中で鳥の形になった。花弁の鳥が羽ばたいて夜空を舞う。暗くて見えにくいなと誰かが言うと、どこからともなく光が現れて、鳥は光を纏《まと》う。

村人達の魔法比べだ。何かが起こるたび、歓声や拍手が広がる。

「俺も行ってくる」

シイノはラファの肩を叩いて祭りの中心に戻っていった。

ラファは広場の隅で、魔法比べを一人で見物する。シイノは光を纏った花弁の竜と対峙《たいじ》する水滴の竜を生み出したらしい。水滴の竜は誰かの魔法で虹の光を纏う。自分の魔法から始まった魔法比べを、ラファはぼんやりと眺めていた。

どこからともなくバサバサと音がしてきて、肩に重みがかかる。リリだ。

「見事だねえ。でもさっきのラファの方が上手だったよ」

泉の上で操った光のことだろう。

「でも俺は外に出ていけない。無意味な力だ」

村では祭りを盛り上げるくらいしか使い道がない。兄や、まだ今年は帰ってきていない姉は、族長の子として村の外で王侯貴族から依頼されるような立派な仕事を任されている。ふと、広場の中心を見ると、兄の隣に幼馴染みの女性が寄り添っていた。

あの二人は許嫁《いいなずけ》で、近々結婚する。そうしたら族長を兄に継がせるのだと父が言っていた。同じ族長の息子でなんて違いだろう。ただ、花弁や花を降らせてしまうという力があるばかりに。

ふと先ほどのシイノとの会話を思い出す。

「春の気を封印する魔法具、どこかにないのかな？」

そんなものはこの世に存在しない。作ろうとしてもできなかった。

「冬の秘宝のこと？」

「冬の秘宝？」

リリが首を傾《かし》げながら零した単語にラファは反応する。

「春の気を封印する魔法具でしょう？　冬の秘宝ならできるんじゃない？」

魔法には相性というものがある。春は冬を融かし、夏は春を奪う、などと表現される。春の気を最も効果的に弱められるのは夏の気だが、夏の気は春の気を奪い、夏の気に変じさせてしまうため、大きな夏の気によって新たな弊害が出てしまう。実際、ラファも試したのだ。だが、魔法具はラファの春の気の強さから暴走してしまい、自分で生み出した熱によって焼け溶けてしまった。

「冬の秘宝」

　春は冬を融かす。だが、ラファの春の気よりも何倍も強力な冬の気を持つ魔法具なんてものが存在するなら。ラファの春の気を冬の気で眠らせ、意思なき精霊達はラファの感情の変化に影響されない。

　辺りがぱあっと明るくなった。ぱらぱらと夜空に煌めく星のような小花が降り落ちてくる。

「そんなものがあるのか？　どこにあるんだ！」

　ラファはリリを手に掴んで揺さぶった。

「ぐえっ、苦しいー！」

「あ、ごめん」

　ラファは掌《てのひら》からリリを解放する。強くは掴んでいないが、揺さぶられて気持ち悪くなったらしい。

「もう。冬の秘宝だろ？　北の国の北の山の城砦《じょうさい》に強力な冬の力を持つ魔法具があるって聞いたことがあるよ」

「冬の力……。それなら俺の力を抑えられる？」

「そこまでは知らないよ」

　リリはそう答えたが、ラファの頭の中は冬の秘宝のことだけになっていた。

父や兄に相談してみようか。まずそう考えた。でも自分のために面倒をかけたくはない。それに祭りの後は、村の主だった者で集会が開かれ、いくつもの議題を議論するため、父も兄も忙しい。リリの情報だけの不確かな存在のために振り回すのは申し訳ない。

「リリ。北の山まで、俺を連れていけるか？」

ラファは地図を思い浮かべる。徒歩なら半月はかかるはずだ。

「えっ？　まあ、ラファ一人なら一日あれば。でも北の山は森の外だよ？」

北の国はレガレノの森の北西にある。北の山はさらにその北東の果て。レガレノの森からまっすぐ北だ。天気のよい日に遠くに見える山脈の一つだったはずだ。

「一日くらいなら誤魔化せる。大丈夫」

保証なんてなかったが、ラファは嘯《うそぶ》いた。

そんな貴重な魔法具に持ち主がいないなんてことはないだろうから、手に入れるのは不可能だろう。せめて自分の力が抑えられるかどうかだけでも試してみたい。それにどんなものか少しでもわかれば充分な成果だ。そんなものが存在するとさえはっきりすれば、ラファはこれからも希望を持って生きていける。

ちょっと出かけて、戻ってくるだけ。

「それにリリと一緒なら、何かあればすぐに戻ってこられるだろう？」

「でも……」

「リリ、頼む。リリだけが頼りなんだ」

「う、ううーん」

リリは盛大に唸《うな》った末に、わかったと頷いてくれた。


真夜中になり、村人は一人二人と家に帰っていった。篝火は消えて、先ほどまでの喧騒が嘘のように静まりかえっている。

ラファは冬用の分厚い外套で身を包んで、そっと家から出た。

森の中の泉に到着すると、リリが待っていた。

「本当に行くの？　いいの？」

「ああ。俺だって二十歳だよ。大丈夫。万一のときのための魔法具は持ったし、お金もある。大丈夫」

許される可能性が低いとわかっていながらも、外に出る日のための準備は怠《おこた》らなかった。それが役に立った。何ヶ月も村の外に出るというならともかく、一日くらいならどうにでもなるはずだ。人除けの結界も、目くらましの魔法も、一日なら使い続けられるし、一日なら眠らないでもなんとかなるから、魔法使い攫いに寝込みを襲われることもないだろう。

「仕方ないなあ」

リリは溜息を零し、小さな身体をぶるっと震わせた。見る間にその身体が大きくなっていく。ラファの目の前に現れたのは、巨大な鳥だった。体躯に相応しく顔付きも鋭く締まったが、全体が白くて、頭から尾羽にかけてと翼の先が薄赤に染まっているところは小鳥のときと同じだ。

「これくらいで大丈夫？」

「ありがとう、リリ」

ラファはリリの身体に命綱代わりの革具を取り付け、首の後ろ辺りに飛び乗った。

「気を付けないと風で飛ばされるからね」

「わかってる」

ラファは指先で自分の周囲に円を描く。風を起こす魔法だ。自分の周りに風を巡らせて、吹き付けてくる風を逸《そ》らせる。風を遮蔽《しゃへい》するよりこちらの方が効果的だ。

リリに乗るのは初めてではない。森の上空を旋回してもらったことが何度かある。空から見る世界は広大だった。レガレノの森をさらに囲む森林地帯が悠然と広がり、森の外には風に波打つ草原や、小麦畑の金色も望めた。広い世界はそれはそれは美しかった。

「行くよ」

「頼む」

リリが翼を羽ばたかせると、上昇気流に乗って一気に上空に向かっていく。

夜空には弓のような細い三日月が昇っている。だが、雲のない夜で、星々だけでも充分に明るい。

下界を見下ろす。今は漆黒に見える森が広がっている。森林地帯の中でレガレノの森は渓谷に区切られていて、魔法使いにしか渓谷を渡ることはできない。

祭りの余韻を残す村が遠ざかる。

ラファは革紐《かわひも》にしっかりと掴まりながら、行く先の北の山脈をまっすぐと見据えた。

＊＊＊

夜が明けた頃、リリは北の山の麓《ふもと》まで到着した。リリが言うには、そこから先は冬の精霊の力が強く、余所者のリリは大きな身体を保つのが難しいらしい。仕方なくラファは徒歩で進むことにした。

山道への入り口には小さな集落があった。ラファの村よりも、もっと小さな村で数十人程度が暮らしているようだった。

「外の世界の村だ」

ラファは光の精霊に合図を送って、目くらましの魔法を入念にかけた。こうすれば、花弁が降ってきても人の目には映らない。

村に入った途端に、行き交う人々にじろじろ見られる。襟《えり》から服の中に潜り込んだリリが服の隙間からラファにだけわかるように頭を覗かせて、「すごく見られてるねえ」と感想を漏らす。

魔法はちゃんとかかっているはずだし、変な格好もしていないはずだ。リリも見られていない。視線の意味がわからず、不安になりながらも商店の看板が出ている建物を見付けて入る。

「いらっしゃいませ。あら……」

迎えてくれたのは四十歳ほどの女将《おかみ》だった。ラファを見た途端にあんぐりと口を開ける。

「あの、何か？」

「あら、ごめんなさい。こんな綺麗な人を見たのが初めてだったから」

女将は頬を染めた。

「綺麗、ですか……？」

「そうよ。まあ、本当に美人！　え？　男よね？」

「ええ、そうですけど」

レガレノの森の外の人間との最初の会話は拍子抜けの結果に終わった。

ラファには見慣れた自分の顔だが、整っていると言われることはある。もしや他の村人達もラファの顔が気になったのだろうか。

「旅の方ね。旧街道を使っているの？　珍しいわね」

「ええ、まあ」

山裾に沿って旧街道が通っている。この村は旧街道を使う旅人が休憩に使うらしく、ラファもその一人だと思われたようだ。

「食料の買い足しかしら。村の人が冬支度の買い物を済ませたところだから、大したものは残っていないのだけれど」

「もう冬支度ですか？」

まだ晩秋に差しかかったところだ。冬支度には早いように思えるのだが。すると女将は溜息を零し、実はねと語り出した。

「北の山を登っていくと、中腹に古い城砦があるの」

ラファの目指す場所だ。ラファは神妙に頷く。

「この辺りで戦争が絶えなかった古代のものらしいんだけど、もう何百年も廃墟だったのよ。そこに十年前から、どこからやってきたのか怪物が棲むようになったの」

「怪物？」

「ええ」

女将は声を潜める。

「もともとこの辺りは冬が厳しいんだけど、怪物が城砦に棲みついて以来、北の山には年中冷気が漂うようになって。特に冬になると完全に雪と氷に閉ざされてしまって、踏み入ることもできなくなったのよ」

冬の秘宝の力ではないだろうか。ラファはそっと拳を握った。

「冬になると麓のこの村まで冷気が下りてきてね。おかげで不便になっちゃって」

「その怪物ってどんなものなんですか？　誰か見た人がいるんでしょうか？」

「それがねえ。都から偉い人がやってきて、怪物が棲みついているから近寄ってはいけない、近寄ったら殺されてしまうって。だから村の人間は見たことがないけど、山全体が凍るなんてどう考えても人間の仕業じゃないでしょう」

殺されるとは穏やかではない。

女将はそれ以上のことは知らないようだった。

「都の偉い人は年に何度も兵士を率いて怪物の様子を見に行くの。ちょうど今朝も来たのよ」

「今朝も？」

「そう。毎年冬が訪れる直前には必ず来るわね。あんなところまで毎回行くのは面倒でしょうに。さっさと退治してくれればいいのに」

女将は腹立たしいようだ。山から下りてくる冷気のせいで冬は厳しいし、夏も作物の出来が悪いし、と、いくつも文句を口にする。

「でも都の王子様が怪物で迷惑をかけている詫《わ》び代わりだと村に援助をしてくれるのよね」

「王子様、ですか？」

「そう。聡明でお優しい方と評判なのよ。王子様のおかげでこの国は年々豊かになっていて、税金も下がっているの」

女将は王子様とやらにずいぶん感謝しているらしい。ラファも外の世界から戻ってきた者から北の国の評判は聞いたことがある。画期的な政策をいくつも成功させていて、この辺りで最も豊かな国の一つだと。

「まあ、私ったら。こんな場所に長く引き止めてもいけないわね。何が欲しい？」

店を見回して、木箱に詰められた黄色い実が目に入った。まるまるしていて、真夏の太陽のように輝いている。

「これはサイカといって寒い土地でもなってくれる貴重な果実なの。売り物じゃないんだけど、よかったら一つどうぞ」

「ありがとう」

買い物をせずに出ていくのは不自然だろうと干し肉と果実酒を買って店を出る。

「はーっ」

ラファは胸を撫で下ろした。

生まれて初めて村の外の人間と話して買い物をしてしまった。普通に振る舞えたと思う。

ラファは村の背後に聳える山を見据えた。

低木の茂みがところどころにあるが、ほとんど岩肌が剥《む》き出しになっている。何ヶ月も雪と氷に閉ざされるせいで植物が育ちにくいのだろうか。

ラファは旧街道に出るふりをして、村人に見付からないように山に向かった。

村が見えなくなると、リリが服の中から抜け出してきて翼をぐううっと伸ばす。

「城主は怪物だって。本当かな。大丈夫かな」

「大丈夫だよ、きっと。都の偉い人が何度も訪れているんだろう？　近寄ったら殺されるなら、偉い人も帰ってこられないじゃないか。もし本当に怪物がいたとしても人には危害を加えないようにされているんだよ。そもそも怪物なんて、大抵はリリのような妖精がそう呼ばれているだけ」

「でも危なくない？　妖精にも話の通じないヤツはいっぱいいるよ」

「危なかったらすぐ逃げるから。だからもう少しだけ付き合ってくれるかな？」

ラファの言葉にリリは仕方ないなあと返してくれた。


ラファは荒れた山道を一歩一歩進んでいた。

道はある。蹄《ひづめ》や轍《わだち》の跡もくっきり残っている。都の偉い人達が進んだ跡だろう。

「これはまた……」

ラファは立ち止まった。

斜面には小さな渓谷や割れ目がいくつもあり、道はそれを避けるようにしてぐねぐねと曲がっている。

「遠いねえ」

肩に止まるリリが退屈そうに呟《つぶや》いた。

朝に麓の村を出てからもう半日は歩いている。

ふと、ラファの目の前に白いものが散った。一瞬、また自分が出した花弁かと思ってしまったが、それは花弁ではなかった。

「雪……？」

まだ秋の終わりのはずだ。冷えてはいるが、気温はそこまで低くはない。それなのに雪とは。だが、青空からちらちら降っていた雪は、次第に強くなっていく。空も一面が白く覆われ始める。

「うう、寒い！」

リリがラファの胸元に頭から突っ込んで潜り込んでくる。

「リリ？　わっ」

中でぐるりと回っているらしく擽《くすぐ》ったい。

「ぷはっ」

リリは器用に頭だけを首元から出してきた。

「ラファの身体は温かいね。ここは春みたい」

どうやらラファがそれほど寒さを感じないのは、自分が常に纏っている春の気のせいらしい。山の上から冬の気が下りてきているのがわかる。

「自然のものじゃない。この上に何かがある」

北の山の一帯を雪と氷に閉ざす冬の気とは尋常な力ではない。ラファの求める冬の秘宝は、やはりこの先にあるのだろう。

ラファはごくりと喉《のど》を鳴らし、雪がまさに積もりゆく凍えた道を慎重に進み始めた。


城砦は山の中腹にあった。全体が石造りで、背後の斜面以外、ぐるりと高い城壁に囲まれている。堅牢な城門はラファの背丈の五倍はありそうな大きさだ。圧倒されたラファだが、城壁の下を雪が埋め始めているのを見て、必然として城壁や城門が高くなったのだろうと悟った。高くないと積雪に越えられてしまうのだろう。

隙間なく並べた木の杭と金属を組み合わせた吊り門扉は古く、錆《さ》びたり色褪《いろあ》せたりしている部分もあったが、現役のようだ。

ラファのちょうど目の前には金属製の輪がかかっていた。叩いて来客を知らせろということか。

「ああ、先に目くらましの魔法をかけておかないと」

麓の村でかけた目くらましの魔法はとっくに切れている。ラファは自分の身体に向けて光の精霊への合図を送る。

準備を済ませ、ラファは緊張しながら扉の輪を手に取る。こんな小さなもので、城の中に聞こえるのだろうか。半信半疑ながらもラファは輪で城門を叩く。

叩いてラファは納得した。ゴンゴンという鈍い音とともに辺りに魔法の気配が広まっていったのを感じたからだ。

これは魔法具かと、ラファはまじまじと輪を見詰める。見たところ、ラファの知るような魔法陣は刻まれていないし、精霊が力を貸してくれた雰囲気もなかったが。

「もしかして、古代の魔法具？」

ラファが思い付いた直後に、城門の吊り門扉が地響きのような轟音《ごうおん》を立てて上がり始めた。

ラファは驚いた。見ず知らずの人間の訪問に正体を質しもせずに迎え入れるなんて。

だが、すぐに勘違いだったと気付く。

開いた門扉の向こうから、馬の脚が見えたのだ。それも一頭や二頭ではなく、しかもいずれもこちらを向いている。

「今、呼び出しの魔法が鳴らなかったか？」

「城門が開く弾みで鳴ってしまったんでしょう」

ゆっくり上がる門扉の向こうからそんな会話が聞こえてくる。ラファの訪《おとな》いに反応してくれたのではなく、出かけるところだったのか。

ラファはとっさに城門脇の石壁の陰に隠れた。

門扉が上がりきると、五頭の騎馬と三台の荷馬車が次々と外に出てきた。全てが出終わったところで、先頭にいた軍服らしきものを身に纏った中年の男が辺りを見回し、馬の首を取って返す。ラファはぎくりとしたが、見付かったわけではないらしい。

「今年の冬はいつもより早いようですな。間に合ってようございました」

中年の男は城壁の上に話しかけているようだ。ラファは首を伸ばしてそちらを見た。いつの間にか城壁の上の見張り台に誰かがいるようだ。逆光のせいで姿は見えない。

「それではウィルク殿下。お元気でいらしてよかった。弟君にもご息災でいらしたとお伝えいたします。ウィルク殿下のこと、本当に心を痛めておられますからな。また雪が融《と》ける頃に参ります。それまでどうぞお健やかにお過ごし下さい」

中年の男の言葉を聞き届けた城壁の人影が無言で去る。

「ああ。恐ろしい。キシゼ様、早く帰りましょう。一刻だってこんなところにいたくない。あんな呪われた王子殿下から離れましょう」

人影がすっかり消えると、中年の男の傍《そば》にいた従者らしき男が零す。

「滅多なことを言うな。殿下は我ら臣民のためにこの城に一人で籠《こ》もっておられるのだ。初雪の後は決して誰もこの城には入れず、たったお一人で」

中年の男は従者を諌《いさ》める。人影の消えた城壁の見張り台に一礼をしてから、城門に背を向けて馬を進ませる。

「あっ」

城門の吊り門扉が音を立てて下り始めた。ラファは逡巡《しゅんじゅん》したが、門扉が下りきる前に門の中に身を滑らせた。

先ほどの男は、初雪の後は決して誰もこの城には入れないと言っていた。では今を逃しては城の中には入れない。

ラファの背後で城門が完全に閉まる。

「ラファ。今の人達、呪われた王子殿下って言ってたよ？」

胸元でリリが不安そうに零す。

「うん。もしかして怪物って、その王子殿下のことじゃないかな。きっとさっき上にいた人のことだと思う」

中年の男が国から派遣されてくるという偉い人なのだろう。怪物の様子を見に来るのではなく、何らかの事情を持った王子様がこの城砦に滞在していて、その様子を定期的に見に来ている、というところだろうか。

「王子様なら人間じゃないか。怖いことはないよ」

ラファは辺りを見回す。城門を入ってすぐは広場になっていた。広場の両側は庭のようだが、植物が育っている様子はなく寒々しい。広場の先に石壁に囲まれた階段があり、そこが城砦の居館に続いているらしい。階段の下までやってきて、ラファは思案した。城門は勝手に潜ってしまったが、さすがに居館の中にまで勝手に入るのは躊躇《ためら》われた。

ラファは階段を上ってみたが、城門にあったような呼び出しの魔法具は階段上の扉には見当たらない。手で扉を叩き、声を張り上げて住人を呼んでみたが、立派な居館の隅々にまでは届かないのか、何の応答もない。

階段を下りて居館の周りをぐるりと歩いてみたが、人の姿は見かけない。

「リリ。さっきの人がどこにいるか上から探せるか?」

困り果てて、ラファは懐の中のリリに問いかけた。

「無理。寒いもん」

リリは縮こまっている。

「これなら?」

ラファはほんのちょっと出ているリリの白い額《ひたい》に指先で触れる。「春の気を纏わせよ」と指先で魔法の文字を描くと、リリがぱっとラファの胸から飛び出した。

「寒くない!」

「それで少しの間は大丈夫。頼まれてくれるかな? 住人を探して、客が来ていると伝えて欲しい」

「しょうがないな。ラファは僕がいないと駄目だから」

「まったくその通り。リリだけが頼りだ」

ラファが頷くと、リリはピイィっと嬉しげに鳴いて、羽ばたいた。

ラファの頭上で一度旋回して、城の窓から中を探るように飛び始める。

「えっ」

ラファがその様子を見守っていると、突然、城の窓から黒い影が踊り出してきた。影は屋根を蹴り、正確にリリに向かって跳び上がる。

「リリ！」

ラファの叫び声に気付いたのか、リリは寸でのところで影を避けた。そのまま勢いよくラファに向かって滑空してくる。

「ラファ、助けて！」

リリはラファの肩に爪を引っかけて止まる。そのままラファの背後に回り込んでからラファの髪の中に潜って隠れた。リリを追いかけてきた影が屋根の上や壁を矢のように疾駆してきて、ラファの目の前で止まる。

「狼《おおかみ》！」

ラファは息を呑んだ。影の正体は狼だったのだ。森で見るものよりずっと大きくて、灰銀の被毛を持っている。首筋の毛を逆立て、牙《きば》を剥いてこちらを威嚇《いかく》している。

ラファはじりじりと後ろに下がった。

「す、すまない。勝手に入ったりして」

狼からはただならぬ気配を感じる。おそらくこの狼はリリと同じような存在だとラファは直感する。それならば人語が通じる可能性は高い。

「俺はラファという。どうか、この城の主に目通りを願えないだろうか」

ラファは人に対するのと同じように狼に告げた。

「お前は魔法使いか？」

声が聞こえてきた。一瞬、目の前の狼かと思ったが、違った。居館に続く階段を人影が下りてきたのだ。

ラファは目を瞠った。

現れたのは、ぞっとするほど眉目《びもく》の整った若い男だった。年の頃は、二十代の半ばか。切れ長の目は冴え冴えとしている。鼻梁《びりょう》は高く、唇は薄く形よい。髪は黒檀《こくたん》のように艶やかで、このような寒々しい城の中で、貴公子然とした衣服に身を包んでいる。

だが、何より特徴的なのは、彼が魔力を纏っていたことだ。

きっと彼が呪われた王子殿下なのだろうが、魔法使いの王子なんて聞いたこともない。魔法使いは森で生まれるものだ。だが、森で生まれる魔法使い以外にも魔力を持った人間は存在する。魔法使いの子孫だったり、突然変異だったり様々だ。だが、魔法使いではない以上、魔法

は使えないはずだ。

「返事は？」

ラファは慌てて頭を下げた。

「ラファと申します。勝手に城内に入ったこと、まずはお詫びいたします」

「名など聞いていない。魔法使いかと聞いている」

狼が男の前に出て、こちらを見据える。

目くらましの魔法は効いているはずだ。花弁や花を降らせなくとも、リリの存在や、狼に普通に話しかけた様子から知られてしまったのだろうか。

「そうです、魔法使いです。わけあって、この城にあるという冬の秘宝を探しに参りました」

ラファは迷ったが、来訪の目的を包み隠さず伝えた。誠意を表すという気持ちもあったが、狼と男にそら恐ろしい力を感じたのだ。襲われたら自分一人の力では逃げきれない。それなら一か八か、正面からぶち当たった方がマシだと思った。

ラファが新緑の瞳でまっすぐに見据えると、男は一瞬、気圧《けお》されたような様子になった。狼がグルルッと唸って、男は気を取り直したらしい。

「そんなものは知らない。用がそれだけならさっさと立ち去れ」

「しかしこの城は強力な冬の気に包まれています。きっとこの城に冬の秘宝があるはずなのです！」

「あったとしてもお前には関係ない！」

男は一喝《いっかつ》した。ラファは押し黙る。

「早く出ていけ」

男が城門を指差す。狼が心得たように城門に駆けていき、その脇にある紐を口で引いた。すると門扉が勝手に上がり出した。これも魔法具なのだろう。打ち棄てられた城と聞いていたが、どうやら至るところに魔法具が存在しているようだ。

「……リリ。帰ろう」

「え？　いいの？」

「仕方ない。ここはあの人の城だ。帰れと言われたら帰るしかないよ」


いつの間にか辺り一面が白に染まっていた。さらに雪は降り続けており、もういくらかすれば帰り道はなくなっていただろう。

帰れというのは、このせいであったのかもしれない。

ラファはふと立ち止まり、振り返った。城砦は吹きすさぶ風に飛ばされる雪に隠れてもう見えない。

「美しい人だったね」

先ほどの男の姿が目に焼き付いている。影のある美丈夫《びじょうふ》とでも言えばいいだろうか。兄や父も見目がいいと思っていたが、彼と比べると色褪せて思えてしまう。

「ラファの方が綺麗だと思うけど」

胸元のリリが不愛想に答える。どうも先ほどの狼に怖い目に遭わせられたのを怒っているらしい。

「ありがとう」

精霊の感じる美しいと人間の美しいは違うはずだ。でも慰めてくれる気持ちは嬉しい。

あの美しい人は、あの城に一人なのだろうか。怪物とまで呼ばれる彼の受けた呪いとは一体何なのだろう。

気になるが、ラファは彼に拒絶された。これ以上勘ぐっても仕方ない。

「冬の秘宝は諦めるの？」

「帰ってから考えるよ。帰る頃には父さんにもばれてるだろうし」

叱《しか》られるだろうなと思うと足どりはますます重くなるが、帰らないわけにもいかないだろう。

「っ」

風が強くなってきた。まっすぐ歩くのも難しい。春の気のために寒さはそれほど感じないが、視界が効かない。

冬には雪と氷に閉ざされる山中の城砦。まるで何かを守ろうとしているかのように。

「あっ」

叫んだときには遅かった。ラファの足は地面を踏みしめることができなかった。登る途中の地面の裂け目を思い出す。きっとあそこだ。踏み外したのだ。

「リリ、出て！」

ラファは滑るようにして落ちながら咄嗟に胸元を開き、リリを掴んで放り上げた。もう魔法も間に合わない。ラファの方は奈落へと落ちて……。

落ちていくと思った瞬間、襟首を何かに掴まれ、いや、噛まれるよう引っ張り上げられる。穴から離れたところに放り上げられて、すぐに何かは離れていった。一瞬、狼の肢が見えた。

ラファの心臓は早鐘を打っている。

「無事か？」

声をかけられた。ラファはちらりと背後を見て、底の見えない穴にぞっとした。ずるっと足が滑る。ほんの僅《わず》かだったが、また落ちるのではという恐怖に囚《とら》われて、ラファは慌てて穴から遠ざかり、そのまま視界に入った腕にしがみ付こうとした。

「っ、離れろ！」

ほんの僅か触れた瞬間にラファの手が払われ、腕の主はラファから距離を取る。

腕の主は先ほどの美しい男だった。目を大きく瞠り、呆然《ぼうぜん》としている。

「あの、すみません。助けてくれたんですよね？　ありがとうございます」

ラファは謝罪と礼を口にしたが、男はラファの言葉を無視して自分の手を凝視している。

「何故《なぜ》だ、どうして……?」

尋常な様子ではない。

「ラファ。助けて!」

ラファは声をかけようとしたが、甲高い声が遮《さえぎ》った。慌てて辺りを見回すと、リリが狼の口の中から叫んでいた。

「リリ!」

狼がぱかりと口を開けると、リリがヨタヨタと飛んでくる。ラファはリリをそっと受け取った。リリは小鳥のようにピイピイ鳴く。

「悪い、リリ。怖い目に遭わせたね」

「本当だよ。ラファの馬鹿!」

文句を言いながらもリリはラファの胸元に潜り込んで、そこで丸まってしまったようだ。プルプル震えている身体をラファは布越しにそっと撫でてやる。

「これではもう下山は無理だ」

淡々とした声がかかった。男は動揺を治め、最初に出会ったときと同じように冷たい表情をラファに向けてきた。

「春が来るまではこの雪は融けない」

登る途中の道を思い出した。山の斜面や割れ目を避けるように曲がりくねっていた道。雪が積もって隠してしまうと、正しい道を行くことは不可能だ。リリにはこの山の中ではラファを乗せて飛べるような姿にはなれない。

「そんな」

せめてリリだけ下山させたいが、小さな身体では麓の村にも辿《たど》り着けないだろう。ラファは今やっと自分の行動を後悔した。自分だけならともかく、リリまで巻き込んでしまった。

「だから早く出ていけといったのに」

「ごめんなさい」

男はもしかして心配してくれていたのか。そう思って男を見ると、眉間に皺を刻まれ、顔を背けられた。

拒絶されているようだ。ラファは悲しくなったが、これからどうすべきかを考えなければならない。答えは一つだけ見付かった。

今は吹きすさぶ雪に隠れて見えないが、城までは充分歩ける距離だ。

春まで、あるいは下山の方法が見付かるまで城に滞在させて欲しい。拒絶ぶりからすると断られるかもしれないが、どんな対価を要求されても応じる覚悟だ。ラファだけではなくリリもいるのだから。

ラファは男に声をかけようとしたが、その前に男が冷たい濃青《のうせい》の瞳でラファを見据えてきた。

「仕方ない。城に招こう」

ラファが頼むより前に男が大きい溜息とともに提案してくれた。

「あ、ありがとうございます！　感謝します」

冷徹なように見えたが、そうではないのかもしれない。

「俺はラファです。この子はリリ。あなたのお名前を教えていただいてもいいですか？」

ラファの頭上で光が生まれる気配がした。真っ白い世界の中で鮮やかな青い花が、雪とともにラファの頭に降ってくる。いつの間にか目くらましの魔法が切れてしまっていたようだ。

「それは？」

男の濃青色の瞳が訝《いぶか》しげに細められる。

ラファはばつの悪い心地で青い花を摘まみ上げる。花の先端が開いた、ラッパのような形をした小さな野の花だ。

「何故、雪融草《ゆきどけそう》の花が？」

雪融草。ラファも聞いたことがある。北の地や高山で春になると真っ先に雪を割って顔を覗《のぞ》かせる花だ。この辺りも春になると咲くのだろうか。

「これ、俺の力なんです」

レガレノの森の村人は皆ラファのこの力を知っている。知らない人に説明するのは未熟の証拠のようで恥ずかしいのだと初めて知った。

「嬉しいことがあると勝手に降ってくるんです。気味が悪いですよね。外見だってこんな普通の男なのに」

　せめて花の似合う女性ならよかったのに。ラファは髪を手でかき混ぜて雪融草と雪を振り払う。白い雪の上に雪融草が散る。

「いや、別に」

　男は不愛想に応じた。

　気味悪がられはしなかったようだ。

「その狼はルース。……私はウィルクだ」

「はい。ウィルク様」

　名前を教えてくれた。それだけでラファはなんとなく嬉しくなる。またひらりと雪融草の花が降ってくる。

　ウィルクが雪融草とよく似た色の瞳を僅かに見開く。どうしたのだろうとラファが首を傾げると、ふいと目線を逸らされた。

「また落ちたくないなら私の後を付いてこい。ただし、私からは距離を取るんだ。ルースの後ろを歩け」

　冷たい声で命じられて、ラファは頷く。

「はい、気を付けます。あの、ウィルク様」

「何だ？」

先を行きかけたウィルクが振り返って睨《にら》んでくる。ラファは怯《ひる》まなかった。

「しばらくよろしくお願いいたします」

笑顔で告げると、ウィルクは冷めた眼差しでラファを探るように見詰めた後、返事もせずに歩き出した。その少し後ろをルースが付いていく。

ラファはリリを胸に抱き、ルースの足跡を追いかけるようにして城に向かって歩き始めた。


「この部屋を好きに使え」

ラファを居館の三階の東端の一室に案内してくれたのはルースだった。やはりこの灰銀の狼はリリと同じく妖精で、会話もできるらしい。妖精はたまに魔法使いや魔法具を介して人間と契約して、力を貸し与えたり、人間に仕えたりする。ルースもそういった類《たぐ》いなのだろう。

「汚い部屋！」

リリが憤慨する。先ほど咥《くわ》えて助けられたことがよほど怖かったのか、ラファの肩の上でルースから見えない位置に縮こまりながら文句を言う。

ラファは苦笑する。汚いというよりは長いこと放置されていた雰囲気だ。家具には一つ残らず布がかけられており、その上に埃《ほこり》が分厚く積もっていた。

「どの部屋も同じようなものだ。この城にはウィルク様しか住んでいないからな」

「彼だけ？　本当に？　使用人も？」

「そうだ。ウィルク様から伝言だ。ウィルク様の私室はこの三階の西端だ。その部屋以外ならこの城のどこでも好きにしたらいい。冬の秘宝とやらを探すならそれも自由だ。食料は食料庫に十二分にあるからそれも好きにしろ。ただし、ウィルク様には近付くな」

「近付くな？　どうして。改めてお礼をと思ったのに」

「礼も無用だ。あの方は呪われている。呪いに巻き込まれたくなければ近付くな」

ルースはグルルッと唸って告げた。どうも不機嫌なようだ。

「呪いって、どんな呪いなんですか？　俺も魔法使いの端くれだから、もしかしたら解けるかもしれない」

ルースはラファを鼻で笑った。

「できるものか。どんな高名な魔法使いも匙《さじ》を投げた代物だ」

そう言われてしまうと、外で働いたことのないラファは自信を失う。

「せめてどんな呪いかだけ教えて下さい」

ラファの問いかけに、ルースの瞳が剣呑《けんのん》に光る。

「あの方の呪いは近付く生き物の命を奪う。あの方にとって、生きているものは邪魔でしかない」

ラファの胸に衝撃が走った。

「命を奪う？　そんなおぞましい呪いがウィルク様に？」

そういえば麓の村では怪物に近寄れば殺されると言われていた。あれは呪いのことだったのか。

「なんて酷い……」

近付けば命を奪うとは、途方もない悪意からの呪いではないだろうか。本人の命を奪うのではなく、周囲から孤立させるのが目的だろうか。ウィルクを孤独にさせて、心から殺してしまおうとでもいうのか。

「そうだ。生きるものはウィルク様の心を乱す」

「あ……」

ルースは明らかにラファに対して憤っている。その理由にラファは気付く。生きるものが傍にいるということは、ウィルクは命を奪わないように気を付けながら暮らさなければならない。ウィルクが人の命を奪うことを疎んじているなら、ラファの存在は邪魔でしかない。

「わかったなら、絶対にあの方には近付くな」

ルースはさらに念を押して、部屋から出ていった。

「嫌な奴！」

ルースがいなくなると、リリがラファの髪から飛び出してくる。尾羽をふりふり振って怒っているようだ。

「ラファ。村に便りは出さないの？」

部屋の中をぐるりと旋回して少し落ち着いたのか、肩に降りてきたリリが聞いてくる。

「そうだった」

ウィルクの呪いのことを思うと胸が痛むが、まずは家族に連絡を付けなければ。

部屋は広く、寝台の他にもいくつも家具があるようだ
ラファは机らしきものから布を取り払った。案の定机だったのだが、布の上に積もっていた埃の量からすると状態がよい。これは噂に聞く保存の魔法が効いているのではないだろうか。

これも城門の呼び出し魔法と同じく古代の魔法だ。

一瞬、思考が逸れかけたが、荷物の中から掌ほどの水晶柱を取り出し、机の上に置いた。指先で魔法の記号を描くと、水晶柱が光を放ち出す。

「よかった。あまり具合はよくないけど通じるみたいだ」

『ラファか？』

光の向こうから父のイルトの声が響いてきた。まったく同じ形に細工した水晶柱で通信することができる魔法具だ。光の精霊と風の精霊の力を混ぜ合わせて使えるようになっている。片割れはラファの部屋に残してあったので、イルトが応じたということは、ラファの不在はもう知られてしまっているのだろう。

「ええ。ラファです」

『無事なのか?』

「はい」

距離のせいか聞こえてくる声が安定しない。水の精霊の力を借りて同じ水脈を通じて会話ができる水鏡の魔法を参考にラファが開発した魔法具だが、こんなに遠距離で使ったことはない。魔力の消費も尋常ではない。ラファの中からみるみる魔力が吸い上げられていく。長くは保たないと、ラファは急いで事情を簡単に説明する。

『とにかく、俺は無事です。謝罪は帰ってからいくらでも。春には帰りますから』

そこまで言い切ったところで水晶柱に罅《ひび》が入り、粉々に砕け散った。ラファが注ぐ魔力に耐えきれなかったのだろう。

「はあ、はあっ」

ラファの持つ魔力はとても多いのだが、そのほとんどを使い果たしてしまった。魔力は時間が経てばゆっくり戻るが、これでは戻りきるまでには数日かかるだろう。

「こんなものまで用意していたんだ」

リリは水晶の破片を眺めて感心しているようだ。

「さすがに置き手紙一つで出てくるなんてしないさ」

これでも無鉄砲なことをしている自覚はある。それでもやっと見付けた希望にどうしても飛び付きたかった。

「帰ったら怒られるだろうな」

「そりゃあね」

リリが相槌《あいづち》を打ってくれる。そうだよねとラファは項垂《うなだ》れた。

「心配もされてるだろうな」

でも逆にウィルク以外がいないこの城は魔法使い攫いにも会わないし、安全ではないか。ラファは前向きに考えることにした。

「春までには怒られる覚悟をしておく。さあ、まずは掃除だ」

ラファは部屋の中を見渡し、袖《そで》を捲《まく》り上げた。


部屋の掃除をひと通り終えたラファは一階に下りて厨房《ちゅうぼう》の隣の食料庫に向かった。掃除のときは隅っこで窮屈そうにしていたリリも飛びながら付いてくる。

「堅パン、小麦粉、燻製肉《くんせいにく》、干した果物、果実酒……。え？　これだけ？」

確かに量は十二分にある。堅パンだけでもひと冬を越すには充分だろう。だが、まるで保存食だ。いや、保存食なのだろう。

厨房の竈《かまど》には種火が灯っていた。ラファが近付くと、火が燃え上がる。どうやらラファの魔力に反応しているらしかった。ラファの村のパン屋の竈も魔法具だ。そちらには妖精の一種である火蜥蜴《ひとかげ》が棲みついているのだが、こちらには精霊はいないようだ。

「すごいな。これも古代の魔法具だよ」

ラファは感心する。どうやらこの城砦は魔法の城らしい。至るところに古代の魔法具が存在している。城の中がそれほど寒くないのも、小さな窓しかないのに明るいのも、魔法具のおかげだ。古代の魔法技術は精霊を必要とせずに、魔力さえあれば使えたと言われている。古代の魔法は数百年も前に失われており、当時作られた魔法具がほんの僅か残されているだけだ。

ラファは燻製肉を煮込み、果実酒と塩と香辛料で味付けをする。母親を早くに亡くしたので、いつからか姉と交代で料理当番をするようになった。家事はひと通りできる。

「そういえば、朝から何も食べていない」

鍋から食欲をそそる匂《にお》いがしてきて、腹が鳴った。外が吹雪いているから正確なところはわからないが、おそらく夕刻だろう。

できたものを厨房の端にある卓に移動させ、堅パンを浸して食べてみる。空腹のせいもあって悪くはない。でも味気ない。食料庫にあるものでは、これが精一杯だ。野菜どころか保存の効くはずの芋《いも》や豆、根菜の類いもない。

「これが毎日か……」

村では毎日焼きたてのパンが食べられた。小さな畑はあるから新鮮な野菜も食卓に上がった。

果実や茸《きのこ》、香草の類いは森で採れる。肉や魚だって森から与えられるし、村で飼っている山羊のチーズもある。

本人に確認できないままだが、この城から出ていった中年の男の言葉によれば、ウィルクは王子なのだろう。これは王族の食事なのだろうか。

ウィルクが不憫《ふびん》に思えてくる。

彼を蝕《むしば》む呪いとは一体、何なのだろうか。

「そういえば」

助けられたとき、ラファはウィルクに一瞬だけ触れた。だが、命が奪われた気配はない。

僅かな時間なら近付いても大丈夫なのだろうか。それなら会話くらいはできるのでは。せっかくしばらく滞在することになったのだ。できれば打ち解けたい。どんな高名な魔法使いでも駄目だったとルースは言っていたが、どうにかして呪いを解く方法を見付けられないだろうか。もし見付けられたら恩を返せる。

「ラファ？　どうしたの？」

卓の上に乗っていたリリが首を傾げてこちらを見詰めてくる。

「うん。ちょっとやりたいことが見付かったなって」

黄色い花弁がひらひら降ってきた。

食事の後、ラファは城の中の探検を始めた。

なるほど、確かに人の気配がない。

「冬の秘宝、ないねえ」

「そうだね」

ウィルクの部屋以外の全ての部屋を見て回ったが、冬の秘宝らしきものは見付からなかった。だがきっとあるとラファは確信している。この城砦を取り巻く冬の気はとても強力だ。強力すぎて詳細な位置が掴めないが、城砦の中かすぐ近くに力の源はあるはずだ。

城自体は城砦の様式をしているが、居館は全て生活空間で、軍事的な雰囲気はない。応接室や遊戯室もある。しかし、ラファの部屋と同じように家具には布がかけられ、埃が積もっていた。唯一、一階の南側の大部分を占める図書室だけが使われた形跡があった。掃除もされている。

「すごい。こんなものまで」

蔵書は膨大で、種類も様々だ。ラファの知っている物語もあれば、歴史や地理、政治、経済に関する専門書も揃《そろ》っている。そして、稀少な魔法書も。

新しいものも多く、ほとんどに読み込んだ形跡がある。ウィルクだろうか。

麓の村では十年前から怪物が棲んでいると言っていた。

「十年、この城の外に出ることなく、一人で……？」

またラファの胸がちくんと痛んだ。

村から出られなかった自分の境遇と重ね合わせてしまっているのかもしれない。

本の表紙を指でなぞっていると、ふと辺りが明るくなった。外からの光らしい。

図書室には外に続く扉がある。開いてみると、雪がやみ、昼の青から夕方の赤に変わっていく最中の空が姿を現していた。

外に出たところには中庭があった。前庭と同じように植物は育っておらず寒々しい場所だ。

だが、陽当たりはよく、四方に壁があるので風は吹き込まないようだ。土は冷えていて、もう二、三日もすれば凍るだろう。

「あ」

屈んで土に直に触れて、ラファは気付いた。かすかに緑の精霊の気配がする。種が眠っている。

おそらく以前、ここに育っていた植物のものだろう。

「これくらいの範囲ならいけるかな」

ラファは指先に少しだけ復活した魔力を集め、地面に文字を描く。

すると、乾いていた土の表面が黒く豊かになっていき、小さな芽が現れた。中庭がまるで緑の絨毯《じゅうたん》のようになり、さらにするすると茎が伸びて葉が茂る。小さな庭はあっという間に植物で溢《あふ》れた。

植物の中には、ラファも見知った香草もあった。花庭ではなく、菜園だったのかもしれない。

「ラファ、花もある？」

「どうかな」

リリの希望に応えて、ラファはさらに眠る種を魔法で探し当て、緑の精霊の力を借りて成長させてみた。

先程とは違う形の芽が生え、青い蕾《つぼみ》が付く。雪融草だ。

楚々《そそ》とした雪融草の花が咲くと、リリは喜んで地面に降り、雪融草の花弁を啄《ついば》んだ。妖精のリリに食事は必要ないのだが、花が好物らしい。特にラファが咲かせた花は魔力の味が濃いのだそうだ。一方、ラファが高揚したときに勝手に降ってくる花は好まない。そちらはラファの所業とはいえ、精霊の仕業だから、命の味がしないのだそうだ。魔力はともかく命とは、ラファにはまったくわからない。精霊独自の感覚なのだろう。そういうとき、普段友達のように振る舞っているリリだが、やはり人間とは違うのだなと思ってしまう。

「何をしている？」

背後から声がかかった。

ラファが出てきた図書室の扉を開いてウィルクが佇んでいた。

出会ったときから変わらず上品な衣服にきっちりと身を包み、一分の隙《すき》もない。濃青の瞳が

鋭くラファを見据えている。

「すみません。寂しい庭だったので植物でも育てようかと」

「お前は緑の魔法使いなのか？」

「いいえ。俺の加護は春です」

「春……」

ウィルクが何か言いたげな様子になる。だが、ラファからふいと顔を逸らした。

「駄目でしたか？」

「ルースに自由にしていいと伝言させただろう。勝手にすればいい」

それだけ告げてウィルクは扉を閉めた。

「あ……」

窓の向こうで本を積み重ね、運び去っていく姿が見える。

「あの狼野郎も、あいつも感じ悪い」

リリが顔を上げて文句を言う。

「リリ、お世話になってるのは俺達の方だよ。そういうこと言うものじゃない」

それにラファは、ウィルクの言動に冷たさよりも諦めや悲しさといった感情を見てしまう。

生きているものが近付けば命を奪う呪い。

ルースの言葉が蘇《よみがえ》る。生きるものは邪魔なのだとも言っていた。

もしかしなくても今もラファがいるから図書室を使うのを諦めたのではないだろうか。そう思うととても申し訳ない気がした。


自室で調べ物をしていたウィルクは、部屋にルースが入ってきた気配に気付く。

「どうした？」

「部屋の前に夕食を置いたので食べて下さい、だそうです」

窓の外を見ると、いつの間にか陽が落ちている。城の中は住人の望みに応じて明るく保たれているから気付かなかった。

「夕食？」

「せめてものお礼だと言っていました」

ウィルクが訝しく思いながら扉を開けると、湯気を立てた食事が載った配膳台が置かれていた。いつもウィルクが作る塩味の干し肉を適当に煮出したスープとパンではなく、干し肉がきちんと同じ形に切り揃えられていて、野菜の煮込み料理ができている。そのうえ、食料庫にはないはずの瑞々《みずみず》しい香草で彩りが添えられている。

「中庭で香草の栽培を始めたらしい」

ルースの答えに、ウィルクは昼間の光景を思い出した。

図書室に本を取りに行った。ふと窓から外を覗くと、寒々しい中庭にラファと名乗る青年が佇んでいた。彼が光る指先を空中で踊らせると、途端に緑が芽生え、花が咲いた。ウィルクは思わず扉を開けてしまった。二度と顔を合わせないようにする予定だったのに。

不思議な青年だと思う。

得体の知れないだろうウィルクに対して物怖《ものお》じしない。冬の秘宝を探しに来たのだと目的をはっきり口にした。宝を盗み出しに来た輩《やから》なら、あんな風には言わないだろう。

陽溜まりのような明るい金髪に、生まれたての双葉のような明るい瞳。男性なのはわかるが、繊細な容貌と華奢《きゃしゃ》な身体をしていて、性別を感じさせにくい。表情がくるくる変わる。喜んだりすると花が降る。本人は気味が悪くないかと心配していたが、あの容姿には似合っているし、花が降ってきて嫌な気分になる人間はいないだろう。

十年もこの城砦に籠もっているウィルクの目から見ても、麗《うるわ》しく人好きのする青年だ。

ウィルクの知る魔法使いとはまったく違う。ウィルクにとって魔法使いとはもっと貪欲で、情の激しい存在だ。

「毒は入っていません。食料庫のものと庭でできた香草だけなので」

「そうか」

食料庫と厨房には毒を黒く腐らせる魔法がかけられている。ウィルクはそのおかげでどれだけ命を救われたかわからない。

「どうしますか？」

「……しばらく見張っていてくれ。暗殺者や盗人でないとの保証はない」

彼が悪意を持ってやってきた人物であるとは到底思えないが、信用できる保証もない。ルースはわかりましたと告げて廊下の暗がりに消えていった。

食器の陰に赤い花弁が一枚落ちていた。この城砦には花など咲いていないから、あの魔法使いが降らせたものだろう。死角にあって片付け損ねたのか。

ウィルクはその花弁に触れる。柔らかい、生命の感触がする。だが、花弁だけのこれは生きていない。生きていないから、触れてもなんともない。

「春の精霊の加護か」

ウィルクにとって最も縁遠いものだ。


「ふわあ」

ラファは目を覚ました。

寝台は広く、寝心地は悪くなかった。部屋も広いし家具も揃っている。おそらくこの部屋は城主の奥方のものだったのだろう。戸棚には女性ものの服が数着残されていた。運よく男でも着られる簡素な部屋着があったので、それを寝巻き代わりにできた。

薄暗くて時間がわからない。寝台から起き上がって小さな窓から外を見ると、相変わらず雪が降り続けている。

「おはようラファ」

壁際のマントルピースの上を寝床と決めたらしいリリが眠そうに挨拶してくる。暖炉に火は入っていないが、温かい空気が出ているようで、部屋で一番の特等席だ。

「おはよう、リリ」

おはようと挨拶した途端に、ラファの魔力が僅かに吸われた感覚があって、部屋がゆっくりと明るくなっていく。

「魔法の城なんだなあ」

一昨日の晩は夜通しリリに飛んでもらったから、一睡もしていなかった。そのうえで通信魔法に魔力をごっそり使ってしまい、体力も魔力も回復しきれていないようで少しだるい。

「まだ午前中かな」

ラファは服を着て、リリとともに廊下に出た。扉を開けると、リリが慌ててラファの髪に隠れる。

「ルース？　おはよう」

扉の前ではルースが寝そべっていた。ラファに気付くと、挨拶を返すこともなくのそりと立ち上がる。ラファがルースを気にかけながら廊下を進むと、ルースも歩き出した。ラファが止まるとルースも止まる。

「あいつ、見張ってるんだよ」

リリが丸い身体を膨らませて文句を言う。

「仕方ないよ。俺達は余所者だからね」

西の端の部屋の前まで行くと、配膳台の上には何も載っていなかった。

「食べてくれたのかな」

嬉しく思った途端にはらりと黄色い花弁が散った。いけないとそれを拾い上げる。

「そういえば、昨日、果実をもらったっけ」

花弁の色で思い出した。ラファは一度部屋に戻って荷物の中から麓の村でもらったサイカの実を持って、厨房に下りた。

サイカを二つに切ると、甘酸っぱい匂いが漂ってきた。

「いい匂い」

小さく切ったものを口にすると、すっきり目が醒《さ》めるようだった。

リリにも欠片《かけら》をあげる。リリは、命の味はするけど、魔力がないとぼやく。

「ウィルク様も食べるかな？」

「貴重な果物じゃないか。あんな奴にやらなくていいよ」

「貴重だから誰かと分け合うんじゃないか」

ラファはサイカの実を全て切り分けて、半分を皿に載せてウィルクの部屋に向かった。

部屋の扉をコンコンと叩く。

「ウィルク様、ラファです。いらっしゃいますか？」

返事はないが、中でウィルクの魔力の気配がする。

「いらっしゃるんですね。麓の村でもらったサイカという果実があるんです。半分お持ちしたので、よかったら食べて下さい。とても美味しいですよ」

ラファはそれだけ言い置いて、部屋を離れて階下に戻った。

厨房で自分の分のサイカを食べ終わって片付けていると、外から明かりが差し込んできた。

雪がやんで、雲が晴れたらしい。

青い空が鮮やかで美しかった。

「今のうちだ！」

ラファは急いで図書室に向かい、中庭に出た。

中庭には雪はそれほど積もっていなかった。

よかったと思いながら、ラファは陽当たりのよさそうな場所に厨房から持ってきた種を植えた。

「それ、さっきの？」

「うん。いけると思うんだよね」

ラファは種を地面に埋めて、その上に魔法を描く。すると、瞬く間に芽が出てきた。芽は成長を始め、ラファの腰の高さ辺りまで一気に育つ。

「よかった。少し時間をかければ収穫できるよ」

一気に果実がなるところまで成長させることもできる。しかし、野菜程度ならよいが、果樹は急速に成長させ過ぎると味が悪くなる。少なくとも何日かはかける必要がある。実がなれば食事事情がぐんとよくなるだろう。

ほくほくしていると、空が陰ってきた。

どうも晴れ間は貴重らしい。雪が降り始める前にラファは居館の中に戻った。

そのまま三階に上る。

「あ……」

「ほら、性格悪い！」

リリが憤慨する。

サイカを食べてくれただろうかと、ウィルクの部屋の前に行ったのだ。そうしたら、切り分けたサイカは皿ごと配膳台の下に落とされていた。

「嫌いだったのかな」

ラファは悲しい気持ちで廊下に散ったサイカを拾い集めた。

「冷たい」

黄色い果実は凍りついていた。


夜中に風の音でふと目覚めた。

寝台から抜け出し、マントルピースの上でリリが小ぶりのクッションに埋もれて眠っているのを横目に窓辺に行く。

外を見ると吹雪いていた。

レガレノの森なら、まだ雪も降らない時期なのに。

「あの木、大丈夫かな」

昼間に中庭に植えたサイカの木が心配になってきた。部屋から出ると、暗がりにルースがいた。

「中庭に木を見に行くだけだよ」

ラファは声をかけたが、ルースはラファにぴったり付いてきた。

苦笑しながら一階に下りていく。夜中だからなのか、魔法の明かりはラファの行く先を足元だけぼんやり照らしてくれる。

図書室の扉を開けると、奥に明かりが灯っていた。

机に置いた明かりを頼りに、書物を積み上げて熱心に書き物をしているウィルクの姿があった。他人の姿に、なんだかほっとした。リリは話し相手になってくれるが人間ではない。たった一日、誰とも会わないだけで人恋しくなってしまったのかもしれない。

「ウィルク様」

ラファが声をかけるとウィルクが顔を上げる。

一日ぶりに見る顔はやはり整っていてどきっとしてしまった。安堵《あんど》の中に、それとは違う、慕わしいような気持ちが湧き上がる。

「それ以上入ってくるな」

しかし、ウィルクからは真っ先に拒絶の言葉が返ってきた。

ラファはびくりと足を止める。途端に悲しい気持ちでいっぱいになってしまう。

「すみません」

近付くなと言われていたのに。

「あの、サイカの実。お嫌いでしたか？　実はそこの中庭で育てていて」

夜には自分と同じ食事をまた配膳台の上に置いておいたが、こちらは食べてくれたようだった。ラファの全てが拒まれているわけではないと思う。

「……私は果実を食べない」

「そうなんですね。他に嫌いなものはありますか？　食事を作るときに参考にします」

「毒の類いは入っていないようだし、出されたから食べたが、私の分まで作る必要はない」

「でも、俺、お世話になりっぱなしです。せめて食事くらい作らせて下さい」

「不要だ」

ウィルクの声は冷たい。ラファはますます悲しくなる。

「あの、改めてお礼を。この城に招いてくれてありがとうございます。本当に助かりました」

ラファは泣きそうな気分を窘《たしな》めてずっと言いたかったお礼を口にした。ウィルクが眉間に皺を刻む。何か言いたそうに何度か口を開いた後、不機嫌そうな表情になった。

「魔法使いを見殺しにして呪いでもかけられたら厄介だからな」

「っ、俺はそんなことしない」

「どうだか」

ラファはいよいよ泣きそうになってきたが、机の上の頼りない明かりを目にして気を取り直す。

「こんな夜中まで起きているのは、俺が昼間動き回るからですよね？　今後は俺が昼間は部屋に籠もっているので、あなたは好きな時間に図書室を使って下さい」

「それも不要だ」

ウィルクは再びラファを拒絶した。

「夜にこの部屋で調べ物をしているのは、お前が来る前からの習慣だ。お前が気を回す必要はない」

「俺は、恩人のあなたのために、何もできませんか？」

微かに震えてしまった声で問いかけると、ウィルクが濃青の瞳を細めた。

「できないのではない。何もしなくていい」

ゆっくりと言い聞かせるように言われる。

「……考えてみます」

わかりましたとどうしても言えなかった。

「おやすみなさい」

サイカの木を見に行くことは諦めて、ラファは部屋に戻った。


翌日。

ラファはきちんと朝に起きた。体力も魔力も戻っていて目覚めもすっきりしている。

窓の外を見ると吹雪いてはいなかったが、灰色の雲に覆われていて薄暗い。レガレノの森では冬でも当たり前だった太陽が恋しくなってしまう。

顔を洗った後は、朝食を作り、ウィルクの部屋の前に置く。

「ラファは懲《こ》りないね」

リリは昨日の夕食を持っていったときも同じことを言った。サイカの実を粗末にしたのでウィルクのことも「気に入らない」から「大嫌い」に格下げになったらしい。昨晩のことを知ったらもっと嫌いになるだろうなとラファは苦笑した。

「一人分作るのも二人分作るのも同じだよ。スープは何日分も作ったから、色々味を変えていけば毎日飽きないし、簡単なんだよ」

中のウィルクにも聞こえるように明るい声でラファは返す。出されたら食べると言っていたから、食べてくれるだろう。食材はまだ食料庫のものと簡単な香草しかない。昨日と材料は同じだから食べられないものはないはずだ。

「中庭に行こうか。晴れてきたみたいだし」

朝は曇っていたのに、朝食を摂っている間に雲が切れたようだ。厨房の窓から見える外は、ラファの気持ちとは裏腹の快晴で、空の青がなんだか目に染みる。

「ラファ、どうかしたの？　そういえば、今日は一回も降らせていないね」

「なんでもないよ」

図書室に入ると、どうしても昨日の会話が蘇ってきてしまう。

ラファは自分の頬を軽く抓った。くよくよしても仕方ない。ウィルクと打ち解けるための時間は沢山ある。

サイカの木は少しだけ雪を被っていたが、枝が折れたりはしていない。

「よかった」

空を見上げる。風は壁で避けられて、雪もあまり降り込まないらしい。

ふと、三階の西の端が目に入った。

昨晩見たウィルクの顔が思い出される。

ラファはたった一日、誰にも会わないだけで人恋しくなった。ウィルクはこんな生活を十年も続けてきたのか。思うだけでラファの胸が苦しくなる。

「何か、できればいいんだけど」

ウィルクからは断られたが、ひと冬の間、ただの役立たずでいるわけにはいかない。

「とりあえず、掃除とか、かなあ」

サイカの木にはまたもう少しだけ成長する魔法をかけて、ラファは城を過ごしよくすることを決めた。

結局一日のほとんどを掃除で終わらせて、夜に寝台に入る。

外は吹雪いているようで風の音が聞こえてくる。

なんだか寝付けなくて、ラファはリリを起こさないように足音を忍ばせて今日も部屋の外に出た。

やはりルースが扉の前で寝そべっている。

「ルース、ご苦労様。君はリリみたいに何か食べないの？」

ラファは頭を起こしたルースに聞いてみた。

「妖精に食事は必要ない。あの小鳥は何故あんなに大食漢なんだ」

「ぷっ」

ルースの言い様にラファは吹き出してしまい、慌てて口を塞《ふさ》いだ。しかし、少し遅かったようで数枚の花弁が落ちてくる。

実際に食べている量はそれほどではないはずだが、同じ妖精にはそんな風に映ってしまうのか。

「俺が甘やかしたからかな？　妖精は命と魔力の味がするものが好きなんだよね？　俺なら出してあげられるよ？」

「主人以外から何かを与えてもらういわれはない」

「君は主人に忠実なんだね。ウィルク様のことが好き？」

「好悪《こうお》は関係ない。今の主人がウィルク様だからあの方に従うだけだ」

「そんなの寂しくない？　ウィルク様だって話し相手は君しかいないだろう？」

ラファは屈《かが》んでルースと目線を合わせて会話する。

「確かにここに来た頃は話をする機会も多かったが、今は必要以外の会話はしない」

「会話をしない……？」

「この城砦の中は安全だ。お前のような余所者がいなければだが。だから必要がなければ顔も合わさない日々もざらだ」

ルースはそう言うと、もう面倒だという様子で再び頭を前肢に乗せて寝そべる。

「どこかへ行くのか？」

「ううん。もう寝るよ。おやすみ」

ラファは挨拶して自室に戻った。ウィルクのことが思い出される。今夜も図書室に一人でいるのだろうか。

ルースとよく話していたという頃はきっとウィルクも人恋しかったのだろう。そのうちに寂しさに慣れてしまったのだろうか。

自分のことではないのに、寂しい気持ちがラファの胸の中で外の吹雪のように渦巻いて、眠りに就いても目覚めても心の片隅から消えてくれなくなった。


翌日。前日と同じように一日を掃除に使ったラファは、再び夜になって寝台を抜け出した。

部屋を出ると、ルースがまたかというようにのそりと起き上がる。

「こんばんは、ルース。ウィルク様は図書室にいるよね？」

「あの方に近付くなと言っているはずだが」

「近付かないよ。図書室の中には入らない」

ラファはそう返して一階に下りていった。後ろからルースがゆっくり追ってくる。

図書室の扉を叩いて開く。

「何をしに来た？」

不機嫌そうな声に迎えられる。

「少しお話がしたくて。これ以上は近寄りませんから」

「私には話すことはない」

薄暗い図書室の中でウィルクはラファを振り返りもせずに即答する。

「俺にはあります。というか、人寂しくて、誰かと話をしたいんです。勝手に喋《しゃべ》ってますから、聞いていて下さるだけで」

「お前にはあのやかましい小鳥がいるだろう」

「リリは小鳥じゃなくて妖精ですよ。リリのことは大好きだけど、リリだけが会話相手じゃやっぱり寂しくて」

部屋に戻れと拒絶されるかと思ったが、ウィルクは溜息を零しただけでそれ以上何も言わなかった。

「ウィルク様は王子様なんですよね？」

途端にウィルクが剣呑な表情で睨んでくる。

「すみません。ここに来た日に、城門から出ていった人の話を聞いてしまって」

「王子だと何かお前に関係があるのか？」

「い、いいえ」

触れて欲しくなさそうだと判じたラファは慌てて否定する。

「今日は、食堂の掃除をしたんです」

少し考えて、ラファは図書室に向かって一日の出来事を少しばかり話すことにした。ウィルクは何も言わずに聞いてくれた。

「また明日も来ますね。おやすみなさい」

翌夜もその次も一人で語るだけだったが、数日後の夜、図書室の扉の横に椅子が置かれていた。

その椅子を見た瞬間、ラファの心の片隅に居座っていた寂しさが、少し融けて消えた気がした。

ありがとうございますとお礼を言うと、立たれていると動くたびに影がちらついて気が散ると返されてしまったけれど、きっとそれだけではない。

＊＊＊

ラファの一日は、中庭から始まる。

魔法で香草を育てて摘み、サイカの木に成長の魔法をかけてから、摘んだ香草を使って朝食を作る。朝食が終わったら、昼まで一つずつ部屋を掃除する。その後、昼食を食べて、午後は図書室で魔法書を読んだり、城の中の魔法具を調べたりする。

もっとも、城の魔法具は古代のもので、ラファの使う魔法とまったく別の原理で動いているので、仕組みはさっぱりわからない。ただ、この城そのものに魔法がかけられていて、道具はその魔法に連動しているらしいとはわかった。魔法具を外に持ち出すと魔法は使えなくなる。だからこそ、奇跡的に作られた当時のまま残っているのだろう。城の中の魔法具を使うにしても、魔力がないと使えないから、普通の人間からすればこんな辺鄙《へんぴ》な場所にある城なんて無用の長物だ。

図書室に入って机を見て、ラファはこっそり微笑んだ。

（昨晩は、椅子に膝掛けがあった）

きっとラファが前夜にくしゃみをしたからだ。凍えるというほどではないが、廊下は冷えるから。

一方的な会話しかできないけれど、ウィルクと過ごす夜の僅かな時間は、少しずつ楽しいひとときになっていた。おかげで毎晩、花弁を拾い集めてから部屋に戻らないといけない。

夜の外出はもう五日続いている。出した食事も毎回ちゃんと食べてくれている。

ウィルクとはゆっくり距離を縮めていけそうな気がしているが、今のラファには一つ心配事がある。

サイカの木だ。

魔法をかけて成長を促しているのだが、上手く成長せず、それどころか日に日に元気がなくなっている。

最初は麓よりもさらに過酷な環境のせいかと思ったが、香草や草花は魔法でちゃんと育つ。

それどころか今朝は薔薇《ばら》も咲いた。きっと別の原因があるはずだ。

「もしかして、上手く根が張れないのかな」

土が固いのかもしれない。岩でもあるのだろうか。

ラファはサイカの木の下で屈み、土に手を当ててみる。

「リリ、土の精霊と話ができる？」

図書室上の庇《ひさし》でのんびりしていたリリがパタパタとやってくる。

「できるよ」

元は精霊であるリリは実体がない精霊とも会話ができる。

「どうしてこの木が成長しないかわかるか？」

「うーんとね。地面の奥が凍ってるからじゃないかって」

「凍っている？」

「うん。カチカチなんだって」

「なるほど。ありがとう」

ラファはお礼代わりに雪融草の花を咲かせた。リリが嬉しそうに花弁を啄むのを横目で見ながら、指先で雪融けの魔法を紡ぐ。

「これは冬の秘宝の力か」

中庭の狭い範囲を融かしたいだけなのに冬の気が頑固だ。簡単な魔法では難しそうだ。

ラファは負けるものかと中庭全体に魔法の文字と図形を描き、冬の気を遮断するために高度な魔法を編んでいく。土の精霊と水の精霊、それに火の精霊の力を組み合わせて借りる。

「これでどうだ！」

息を弾ませ、指を鳴らす。

「いけそうだ」

ずいぶん時間がかかったし、魔力も使ったが、土の精霊が騒いでいるのがわかった。土の奥深くまで染み込み、土を凍らせていた氷がゆっくり融けていっている。これならサイカの木も元気になるだろう。そう安堵したときだった。

「何をしている！」

図書室の扉からウィルクが怒鳴り声を上げて現れた。

「え？」

図書室を振り返ったラファに向かってウィルクが猛然と駆けてくる。

「ラファ、後ろ！」

リリの叫び声がしてラファは背後を向く。

「っ」

ラファの背後に、拳ほどの大きさの蜘蛛《くも》がいた。ところどころ土を被っていて、おそらくは地面の中に潜んでいたのだろう。真っ赤な目を持つ蜘蛛はまっすぐにラファに向かってくる。その禍々しさに対処が遅れた。

「うっ」

だが、ラファがその餌食になる瞬間に、駆け付けたウィルクが蜘蛛を手で払いのけた。

蜘蛛は、一瞬の間に、凍り付いて地面に転がった。ウィルクはその蜘蛛を踏み付け、粉々に砕いた。

一体何が起きたのか。ラファは呆然とウィルクの蜘蛛の残骸を冷たく見下ろす顔と、氷の欠片になった蜘蛛を交互に見遣る。

「私の命を狙《ねら》って放たれた毒蜘蛛だ」

普通の蜘蛛ではない。砕かれた身体に魔法陣が刻まれた魔石が埋められている。砕けてしまったせいで全ては読み取れないが、悪意が込められている。ウィルクの言葉通りなら、ウィルクの命を狙うための魔法だろう。

ラファの村では、禁忌《きんき》とされている魔法だ。精霊の力をこんなことに使うなんて。

「これは以前、よく物資に隠れていたやつと同じだな。凍った土の中で身動きがとれなくなっていたものをお前の魔法が目覚めさせたんだ」

　ウィルクの淡々とした言葉に、ラファは青褪めた。

「あ……。ごめんなさい」

「謝る必要はない。私が危ないものがあるかもしれないと言っておかなかったからだ」

　ウィルクは抑揚なく告げてくるが、睨んでくることもなく、怒ってはいないようだ。どう考えても悪いのはラファだ。雪道で助けられたとき、城への滞在を許してもらったとき、そして今。もうラファは三度も命を救われている。それなのにウィルクは見返り一つ求めようともしない。

「いいえ。勝手なことをしたのは俺ですから」

　ラファはウィルクの濃青の瞳を見詰めて告げた。ウィルクが目を瞬く。蜘蛛に向けていた凍るような冷たい表情が、戸惑いを含んでいる。

「お前は私が恐ろしくないのか？」

　心底わからないといった様子だ。ウィルクはまた一歩、ラファから距離を取る。

「恐ろしい？　どうして？」

　命の恩人をどうして恐ろしいと思えるのか。ラファには理解できない。

「今、見ただろう」

　ウィルクは冷たい瞳でラファを見てくる。

「この手が蜘蛛を凍らせたのを」

ウィルクは自身の手を胸の前で広げる。男らしく筋ばった大きな手だ。

冬の気だ。ウィルクの手は、うっすらと冬の気を纏っている。ラファはその事実に気付く。

魔法使いではない人間が、何故、精霊の力を借りてしか生み出せない冬の気を纏っているのか。

「私には呪いがかけられている。この手で触れる生き物の全てが凍る魔法だ」

告げながら、ウィルクはラファが咲かせた薔薇に手で触れた。薔薇は蜘蛛と同じように一瞬で凍り付いた。

その一部始終を、ラファは新緑の瞳で観察していた。

生きるものに触れた瞬間に、ウィルク自身の魔力を使って冬の気が急激に膨れ上がる。魔法使いのラファには、それがわかった。

「植物すらも例外ではない。生きるもの全てだ」

ウィルクは自分の手をまるで化け物のように見据えている。

「自分の意思では止められない。手袋で覆ったくらいでもこの呪いは止められない。偶然触れただけでその者は命を落とす。私は一生、誰にも触れられない」

告白はまるで慟哭《どうこく》だった。

ああ、それがウィルクの呪いの正体だったのか。この城に自身を閉じ込め、ラファを近付けなかった理由。

「いいえ」

ラファはにっこり笑ってウィルクに告げた。

「例外はあります」

「何……?」

確信があった。ラファは地面を蹴って、ウィルクの右手を掴む。

「っ!」

振り払われるのはわかっていたから、握る手に渾身《こんしん》の力を込めた。

「俺です。俺の春の気はあなたの冬の気を大人しくさせられる」

「なっ」

ウィルクが目を見開き、ラファを引き剥《は》がそうとする。だが、ラファは決して離さない。

「離せ!」

「いいえ、離しません!」

「っ……。……」

やがてウィルクは、ラファが本当に凍らないことを理解し、怜悧《れいり》な美貌を動揺で歪《ゆが》ませた。

拒もうとしていた手の力がゆっくり抜けていく。

本当に、と、ラファに掴まれた自分の手を見て、唇が声を出さずに動く。

本当ですよと、ラファはウィルクの左手も握った。

「ほら。平気でしょう？」

ラファの言葉に返ってきたのは怒声だった。

「なんて危ないことを！」

ラファは目を瞬いた。

「もし間違っていたら、お前は心臓まで凍り付いて死んでいたんだぞ！」

ウィルクはどうやら真っ先にラファの方を心配してくれたらしい。その事実にラファは思わず吹き出してしまった。視界の端にいくつも光が生まれているのが映った。

「何を笑う？」

「すみません。でも大丈夫です。だって、最初に助けてくれたときだって、ちょっと触れてしまったのに、俺は凍らなかったでしょう？」

「そんなの、たまたまかもしれない」

「たまたまじゃなかったって証明されました」

ラファは笑ってウィルクの両手をひとまとめにして握り直した。てっきり冷たいと思っていたが、とても温かい。血が通う、人の温もりだ。

「あなたは呪いから他人を守るために一人でいるんですね。とても優しい人だ」

「そんな殊勝な理由じゃない」

ウィルクは否定するが、ラファにはそうとしか思えなかった。

「人が怯《おび》えるから煩わしくて、誰も来られない場所にいるだけだ」

「いいえ」

ラファにはわかる。ラファの手を振り払わないのが何よりの証拠だ。

「あなたはとても優しい。それにずっと寂しかったんですね。俺の他愛ない話も毎晩聞いてくれた。他人が疎ましいなら鍵でもかけておけばいいのに、椅子まで用意してくれた」

ウィルクの否定の言葉を聞く前にラファは続けた。

「ウィルク様、俺なら触っても大丈夫です。あなたに助けられた身です。いくらでも触って下さい」

誰かの役に立てるのは嬉しい。ラファの心が弾む。周囲の光が一際《ひときわ》眩ゆくなったと思った瞬間、花弁や花が盛大に降ってくる。雪融草の花、薔薇の花弁もある。

「すみません。こんな花を降らせるような俺に触るなんて逆に気持ち悪いかな？」

そもそも男同士なのに触られて喜んでいるなんて考えてみればなんだかおかしい。

「まさか！」

ラファの手が強く握り返される。

「つぅっ」

あまりの力でラファは小さく悲鳴を上げた。

「すまない」

ウィルクが慌てて手を離そうとする。

「ち、違います。ちょっと力強くてびっくりしただけです」

ラファは急いでウィルクの手を握り返した。ウィルクの身体がほんの僅か強張る。

「ね？　やっぱり平気でしょう？」

ウィルクは自分の手に重ねられたラファの手を無言で見詰めている。

「冬の気と、春の気の流れを感じませんか？　俺の春の気があなたの冬の気に触れると、冬の気がまるで眠り唄でも聞かされたみたいに大人しくなるんです」

精霊には相性というものがある。緑は水を飲み、火は緑を肥やしとし、土は火に温み、とは魔法使い以外にもよく知られているが、四季の精霊にも同じようなことがいえる。夏は春を奪い、秋は夏を追いやり、冬は秋を枯らす。そして春は冬を融かす。

「それに俺は魔法使いだから、あなたの纏う冬の気が暴走しそうになったらわかるので、ちゃんと逃げられます。春の気を使って自衛だってできる。だからいくらでも触って下さい」

「っ」

ウィルクの端正な顔がじわじわ変化していく。濃青の瞳が不思議な色を浮かべる。纏っている冬の気の気配も戸惑うように蠢《うごめ》いている。まるで長い冬の後に春がやってきたかのような表情だ。なんだか可愛いなと思ったら、リリみたいな薄赤色の花弁が降ってきた。

「本当に怖くないというのは、この降ってくる花でわかりますよね？」

初めてこの力が役に立ったなとラファは苦笑した。

ウィルクが虚をつかれたような表情を浮かべる。それすらラファには可愛く思えてしまった。

「実はここに来たのも、この力のせいなんです。嬉しくなったりすると勝手に花弁や花が降ってきて。冬の秘宝なら、この力を抑えられるんじゃないかと思ったから」

春は冬を融かすが、冬の力の方が強大なら、冬は逆に春を眠らせられる。

「私は、本当に、お前に触れられるのか？　触れてもいいのか……？」

「はい。レガレノの森の魔法使いは嘘を吐《つ》きません」

「レガレノ？」

ウィルクが驚いたように目を瞬いた。レガレノの森の魔法使いは外の世界では有名だと聞く。ウィルクも存在を知っていたのだろう。

ウィルクの右手がラファの手から外れ、おそるおそるといったように、ラファの頬に触れてきた。顔に触られるとは思ってもいなかったのでラファは驚いたが、いくらでも触って欲しいと言ったのは自分だ。

触れるか触れないかの距離で触れられる。擽ったくて身を捩《よじ》ると、今度は金色の髪を梳《す》くように撫でられた。引っかかっていた花弁がぱらぱら落ちてくる。

再び指先が頬に戻り、大きな手でゆっくり頬を包まれる。

「あなたの手はとても温かいですね」

ウィルクがぴたりと動きを止めた。その濃青の瞳は不思議な色を伴ってラファを見ている。

「お前も、温かい」

ウィルクはとうとう触れて大丈夫と理解したのか。頬から肩に手を滑らせ、ラファを自分の胸に抱き寄せた。仕草はぎこちない。緊張しているのだろう。

「温かいな」

まさか抱擁されるとは思っていなかったが、ラファは大人しくする。

「お前は花の香りがする」

そう言うウィルクからもいい匂いがする。深く豊かな森の匂いに似ている。それに鼓動の音が聞こえる。少し速いようだ。まだ緊張しているのか、それとも高揚しているのか。高揚だったらいいなとラファはウィルクの腕の中で微笑んだ。

＊＊＊

図書室に下りようとしていたウィルクは廊下に落ちていた花弁を見付けた。淡い黄色で、ラファの髪の色によく似ている。身を屈めて花弁を拾う。

どうしてこんな場所にと思うと、ちょうどそこに窓があった。

空が青い。雪で覆われた山は白銀に輝いている。そういえば、この窓から見える夕暮れは息

を呑むほど美しかった。美しいと感じる余裕があった頃の記憶が蘇る。

あのときの自分と同じように、ラファもここからの景色を美しいと感じたのだろうか。ウィルクは自身の頬がぴくりと動いたのを感じた。

「ウィルク様」

廊下の向こうからルースがやってくる。

「魔法使いが食堂で一緒に食事をどうかと」

ラファの伝言を知らせに来てくれたらしい。

「わかった」

ウィルクは深く考えずに応じていた。

「いいのですか？　あなたに触れたというだけでそんなに信用して」

「ラファはレガレノの森の魔法使いだ」

レガレノの森の魔法使いのことをウィルクはよく知っている。魔法使いは出身地ごとに特性ともいうべきものがある。レガレノの森の魔法使いは最高の魔法使いだといわれている。心優しく誠実で、争いに関わるような仕事は絶対に引き受けない。

「彼は暗殺者でも盗人でもない」

「レガレノの森のというのが嘘の可能性もあるのでは？」

「それはないだろう。ラファは嘘を吐けない」

ウィルクは手にしていた黄色い花弁に目を細める。

万一嘘であったとしても、ウィルクは後悔しないだろう。

「もう見張りも必要ない。ご苦労だったな」

ルースはわかりましたと頷いて、廊下の向こうに消えていった。

ウィルクは黄色い花びらにそっと唇を寄せる。柔らかくて、ほのかに甘い香りがした。


ラファが城砦にやってきて半月が経つ頃、中庭には見えない屋根ができた。

もともと外庭ではなく温室だったのだ。ラファが魔法の仕掛けを見付けて起動させた。先に中庭の土の中に蜘蛛や敵がもういないことは確認済みだ。予想がつけば、予《あらかじ》め対処できる。魔法で何かをする前に、リリを通じて精霊に危険なものがないか尋ねればいいだけだ。

「香草をお茶にしようと思うんですが、ウィルクも飲みますか？」

ラファの魔法で、中庭はまるで春の様相だ。ラファが植物の世話をしていると、ウィルクは昼間も図書室で仕事をするようになった。青々と茂った香草を摘み、声をかけると、ウィルクははっとした顔になり、ほんの少しだけ表情を緩める。

最初の頃には決して見せてくれなかった柔らかい表情だ。

「頼む」

ウィルクは少し間を置いた後、ほんの僅か口角を上げて返事をしてきた。

少しぎこちなさがあるが、間違いなく笑顔だ。初めてウィルクの笑顔を見られたことに、ラファは感動してしまう。それどころかウィルクのような美形の微笑みは男同士でもときめきのようなものを覚えさせてしまうのだと知った。

ラファは鼻歌を歌ってしまいそうな気分で――実際は花弁を降らせ歩きながら――一旦厨房に行き、煮出した香草茶を持って図書室に戻る。

ウィルクは集中しているようで、ラファが戻ったことに気付いていない。机の上には書物が積み上がり、手元の紙には膨大な量の書き付けがされている。

「できましたよ。どうぞ」

ラファは声をかけてから、中庭の窓に面したところに置いてある卓の上に持ってきたカップを置く。ウィルクが手を止めて「ありがとう」と礼を言いながら卓の前の長椅子に来てくれたので二人並んで座る。

中庭ではリリが花を啄みながら遊んでいる。叢の中から時折先端が薄赤の翼が見え隠れするのがなんとも可愛い。

温かい香草茶を口にして、ウィルクは美味《うま》いと満足げだ。

「初めて飲む味だが、酸味があって気分がすっきりするな。疲れていたからちょうどいい」

単に育った香草を煮出しただけなのだが、褒められるとまんざらではない。ラファの気持ちに呼応してパラパラと花弁が降ってくる。ウィルクが先ほどより自然な笑みを浮かべて、ラファの髪に引っかかった橙色の小花を拾ってくれる。

「花弁だけではなく、花ごとも降ってくるんだな」

「そうなんです。その辺りは名もなき精霊たちの気分次第のようで」

規則性があるのかと一時考えたが、どうやら深い意味はないらしい。そのとき、そこにいる名もなき精霊の閃《ひらめ》いたものが降ってくるのだろう。唯一、色だけはなんとなくラファの感情の種類と合っているような気もするが、決まりというほどのものはない。

「花飾りのようで可愛いな」

ウィルクはラファの小花が絡んだ髪をひと房摘まみ上げ、あろうことかそこに唇で触れた。

「ウィルク！」

ラファは驚いて上半身をウィルクから遠ざけた。

「どうした？」

「そ、そういうことは、女性にするものです」

「私はラファにしたかったからしただけだ」

ウィルクに触れたあの後、互いを名前で呼ぶという流れになった。ラファはともかくウィルクには敬称が必要ではないかと思ったが、ウィルクが必要ないというので、ラファも応じた。

最初の頃は遠慮があった。ラファに触れようとしてくる手をいつも寸前で止めるので、ラファの方から触れて大丈夫だと伝え続けた。いつの間にか遠慮はなくなり……、なくなったどころか過剰に触れられている気がする。

「お前は可愛いな」

「俺は男ですけど」

ウィルクよりは背も低いし小柄だが、男性の平均身長はあるし、狩りで森を駆け回ることもあるから、ひ弱というわけでもない。

「だが可愛い」

可愛い可愛いと、甘ったるい声で言われるのは、むず痒《がゆ》い。

「あ、あの。何をしていたんですか」

このまま会話を続けたら「可愛い」に慣らされて、「可愛い」で花を降らせてしまいそうだと危機感を覚えたラファは話題を変えてみた。

「ああ」

ウィルクが一度立ち上がり、机から書き付けを持って戻ってくる。

「国の灌漑工事の計画書だ」

「そんな大事なもの、俺が見ていいんですか？」

地形や土壌の特徴、最適な工法など、びっしりと書かれている。ラファには専門外だが、綿密に詰められているのはよくわかった。

「構わない。どうせ使われない計画書だ」

　ウィルクは自嘲《じちょう》を浮かべた。

「使われない？」

「十年前にここに来た頃は、いつかこの呪いが解けるんじゃないかと希望もあった。都に戻れたときのために勉強だけは怠らなかった。定期的に物資を運んできてくれる者に書物や世情をまとめたものを持ってきてもらって、帰りにこういう計画書や問題と改善点をまとめて父に送ってもらっている。しかし、使われたという話は一度も聞かない」

　ウィルクの濃青の瞳が翳《かげ》りを帯びる。

「ウィルクは、王子様ですよね？」

「ああ。この国の第一王子だ」

　城砦に来てすぐの頃には踏み込むことを許されなかった質問に、ウィルクははっきり答えてくれた。

「何故、第一王子殿下が、こんな呪いにかかってこんな辺鄙な場所に？」

　ずっと気になっていたが、どこまで踏み込んでいいものかわからず、今まで聞けなかった。

　ウィルクはラファの質問に少し苦い表情を浮かべ、茶をひと口飲んでから語り始めた。

「私には弟がいる。私よりも弟に王位を継いで欲しいと考える者達がいる」

「どうして？」

王家というものは長子相続が一般的のはずだ。

「よくある話だ。弟とは母が違う。私の母親には後ろ盾がなく、弟の母親には後ろ盾があった」

村の外、特に王侯貴族と呼ばれる人々の間では、権力争いというものがあるのだとラファも知っている。村には権力という概念がほぼない。族長はいるが、村の皆の代弁者であって、絶対者ではない。

「私は第一王子として生を受け、生まれたときから命を狙われていた」

ラファは衝撃を受けた。

「乳飲み子のときには犬をけしかけられたり、高いところから落とされかけたりしたと聞いている。母にずっと仕えていた侍女が毒入りの茶を出してきたこともあったな。衛兵に紛れた暗殺者に襲われたのは三歳の頃だったか。……何故お前が泣きそうになっているんだ」

困った顔をされてラファは慌てて目元を擦《こす》る。

赤ん坊の頃からそんな目に遭うなんて信じられない。村では生まれた赤ん坊は村の全員で可愛がった。面倒な力のあるラファも村の人々は可愛がってくれた。

「だって、そんなの酷いじゃないですか」

十年前から呪いを受けて誰にも触れられなくなっただけではなく、その前から辛い立場にあったなんて。

「可愛いな、お前は」

ウィルクの顔がラファに近付いてきて、目元に唇が触れた。

「えっ？」

ウィルクはすぐに引いていった。

今、何をされた？　目元に口付けられた？

「十年前、私が十五歳のときに暗殺者から私を守って母が亡くなった」

ラファの混乱をよそに、ウィルクは話を続けた。その内容があまりにも重くて、ラファは先ほどのウィルクの行為を咎《とが》められなくなる。

「母は魔法使いだった。冬の精霊の加護を受けていた」

「えっ」

レガレノの森以外にも魔法使いの生まれる森はある。ウィルクの母親はそのどれかの出身だったのだろうか。

「母は最後の力を振り絞り、私を暗殺者から守るための魔法をかけた」

「魔法……」

ラファにはなんとなく続きがわかった。

「強力な魔法だった。母の死によって魔法は暴走して、暗殺者だけではなく、命あるものを全て凍らせる呪いに変わった。そして私にはその呪いを永続させるだけの魔力があった」

「そんなの」

ラファの瞳から涙が溢れた。

子供を守るための魔法が呪いに変わるなんて。そんな残酷なことがあっていいのだろうか。

「呪いを見せてもらってもいいですか？」

ウィルクが頷いてくれたので、ラファはウィルクの手を取り、自分の胸に当てた。

ラファの春の気で眠る冬の気を辿っていくと、それはウィルクの魔力の源から生まれていた。魔力の源に魔法が刻まれているのがわかる。その根幹は、確かにウィルクを守るためのものだ。それが強い力を受けて片鱗が歪み、ウィルクの魔力と直結して、永続的な呪いになっている。

「まるで私自身が魔法具のようだろう？」

ウィルクの言葉は的確だ。

この呪いは解けない。魔力の源は、生命とも直結している。片鱗の歪みが固着していて、無理に剥がすとウィルクの方が命を落とす。

「泣かないでくれ」

ウィルクの手がラファの頭を引き寄せて、肩に凭《もた》れかけさせる。

「お前を泣かせたくてこの話をしたわけじゃない」

「すみません。俺、男なのにこんなに簡単に泣いてしまって」

自分なら解けるんじゃないかなんて考えをどこかで持ってしまっていた。浅はかな自分が心底嫌になる。

「いいや。こんな私のために誰かが泣いてくれるなんて」

ウィルクは目を細める。

「もうそんな人間は現れないと思っていた」

ウィルクの指の腹がラファの目元を拭う。指先はかさついていて、固くなっている。ペンを持つだけではこうはならないだろう。剣や弓で鍛えられた手だ。机に齧《かじ》り付くだけではなく、心身の鍛錬も怠っていないのだ。きっといつか呪いが消えて自分の居場所に戻れる日を夢見て。

ラファはズッと鼻を啜《すす》り上げた。

「あの、ここなんですけど。どうしてこんなに水路が曲がりくねっているんですか？」

話題を変えないと涙が止まらない。ラファは話を書き付けに戻した。

「ああ。これは土壌の問題だ。アルキ砂の地層が入り組んでいる。掘ってもすぐに崩れてしまう」

ラファは手の甲で涙を拭う。

「じゃあ、水の魔法を使って、ここところを直結させたら？」

秋の祭りの日に兄から聞いた話を思い出してラファは提案してみた。

「そんなことができるのか？」

ウィルクは驚いた様子になった。

「兄は水の魔法が得意なので、詳しいんです。ああ、それと、ここは逆に水の精霊が好む地形になっていて、水が滞ってしまいますね。できれば水の精霊をこちらへ誘導するか、土の精霊の力を強める魔法を使った方がいい」

ラファが提案すると、ウィルクは何度も目を瞬いた。

「魔法はそんなこともできるのか」

「ええ」

ラファにとっては普通のことだったので、驚かれるのが不思議だった。

「ラファは稀有《けう》な魔法使いだな。私も呪いのことがあって、魔法についてはかなり勉強したが、そんな方法があるとは思いもしなかった。だが、魔法は魔力がないと永続的には使えないだろう?」

「いいえ。精霊との契約を刻んだ魔石を使えば、魔石の魔力が費えるまでは魔法は巡ります。水の精霊や土の精霊が好むように誘導するものにすれば、魔力の消費も少なくて済むから、数十年は持つはずです」

ウィルクはまた驚いたようだ。

「だが魔石は高価だろう?」

「確かに高価ですけど。これくらいなら二百レベくらいの魔石があれば」

「二百レベ?　二百万レベではなく?」

二百レベもあれば四人家族の衣食住の半年分は賄える。ラファにとっては充分高価だと思う。

「二百レベの魔石で充分ですよ？　ただし、その分魔法陣がちょっと複雑になるので刻める人は限られてしまいますが、俺ならできます」

ウィルクは眩暈《めまい》でもしたように自分の目を手で覆った。

「レガレノの森の魔法使いは最高位だと聞いたことがある。まさか、これほどとは」

褒められて、先ほどウィルクの呪いを解けないと落ち込んだラファは、複雑な気持ちで頷いた。

何かぶつぶつと独《ひと》り言《ご》ちていたウィルクがラファの両手を握り込んでくる。

「ラファ。どうか魔法の知識を私に教えて欲しい」

「え、ええ。はい。教えられる範囲なら」

勢いにラファは負けた。もとより、魔法は秘されたものではない。ただ、魔力を持って、森に生まれて、精霊の加護を得なければ使えないだけだ。感覚的な部分も大きいから、魔法を使えない人間に教えたところで伝わらないことも多い。それでも、こうして、この場合はこの魔法を使えば、なんてことは教えられる。

「ありがとう。とても頼もしいよ」

ウィルクは今まで見た中で一番の笑顔になった。

すごいなと思う。ウィルクは自分の呪いが解けないことを知っている。それでも腐ったりせず、自己研鑽《けんさん》を怠らない。

自分に少しでもウィルクの役に立てることがあったとわかって、ラファは嬉しくなった。現金なもので花弁が降ってきた。

この優しくて勤勉な人のために何かしてあげたい。ラファの胸はそんな思いでいっぱいになっていた。

＊＊＊

ラファが城砦にやってきてから一ヶ月が経った。

中庭はますます賑やかになった。中庭の世話だけでは一日を持て余すので、城中の掃除も継続している。遊戯室にはいくつも遊戯具があって、毎日少しずつウィルクと一緒に楽しんでいる。魔法のかけられたものもあって、勝手に動き出したりして、眺めているだけでも楽しい。

「穴が光ったぞ」

「ああ、じゃあこれはこの球をこの穴に入れると勝ちということでは？」

古代の遊戯のやり方なんて知らないから、二人で試行錯誤しながら遊び方を決めていく。寝転がれるくらいの板の上に穴が開いている遊具には球がいくつか付いていて、板上を転がして穴に入れると穴が光るので、それで得点が入るのだろうとは予想が付いた。

「単純に球を転がすにしては球の数が多い。全部転がしておいたらどうだ」

ウィルクの提案で球を全部転がして一つだけ色の違う球を転がすと、球同士がぶつかり合ったり邪魔をし合ったりして、格段に面白くなった。

「もう少し右に向かって投げた方がいい」

ウィルクは球をまっすぐ投げるのが得意なようで、ラファが難儀していると、手を取って指南してくれた。大きな手がひと欠片の躊躇《ちゅうちょ》なくラファに触れてくれるようになったのがなんだかこそばゆい。

「そっちに直接投げるより、一回こちらに当てた方がいいですよ」

球をまっすぐ投げるのはウィルクが得意だが、球の動きを推測するのはラファの方が得意だったので、戦績は五分五分になった。

他にも、城砦には魔法の仕掛けが至るところにあった。ウィルクの知らなかったものが沢山あって、それらを発見するのもラファの楽しみの一つだった。古代の魔法に触れられるのは、魔法使いとして興味深い。

古代の魔法は今と違っていて、精霊の力を借りずに魔力を直接使う。だが、その魔法が戦争に使われることを憂《うれ》いた精霊達が封印したといわれている。この城砦にも生活に関わるものだけが残されているが、戦争に使われた昔には魔法の兵器もあったのかもしれない。

「すごい。音楽だ」

ある日ラファが広間で発見したのは、勝手に音楽が流れる魔法具だった。聞いたことのない音色と曲だ。

「舞踏曲だな」

「ウィルクはこの曲を知っているんですか？」

「いや。だが、旋律が舞踏曲のものだ」

「へえ。俺の村の踊りの曲とは全然違う」

「村では踊るのか？」

「はい。特に春と秋の祭りは特別で。そこで踊る男女は村で公認の恋人になるんですよ」

ラファの答えに、ウィルクがラファの手を取った。

「ウィルク？」

「もう十年も踊っていない。私の身体が覚えているか付き合ってもらえないか？」

「構いませんけど」

ラファが軽い気持ちで応じると、ウィルクは軽く膝を折ってラファの手を捧げ持ち、口元を綻ばせた。濃青の瞳にじっと見詰められて、ラファの鼓動が一つ跳ねる。

「えっ？」

ラファは思わず声を上げていた。背筋を伸ばしたウィルクが片手は取ったまま、もう片手で腰を引き寄せてきたからだ。ウィルクの逞《たくま》しい身体に自分の身体が密着する。そのままウィルクはゆっくりと歩くように広間を移動し始めた。

「ウィルク。こ、これが舞踏曲？」

これはラファの知っている踊りではない。ラファの知っている踊りは手を繋《つな》ぎ合ったりくるくる回ったりする軽快なものだ。

「そうだ」

低音が耳元を擽るように撫でていった。ラファの身体の芯にぞくりとしたものが走る。ウィルクは容姿だけではなく声まで魅力的だ。

「こうして、同じように足を動かして」

密着したまま身体を誘導される。自然と足が出る。ウィルクの足を踏んでしまいそうで怖い。

「筋がいいな。私は最初の頃は教師の足を何度も踏み付けて叱られた記憶しかない」

「そ、そうですか？」

褒められるとなんだかやる気になる。動きは少しずつ速く大きくなっていって、曲の終わりにくるりと回されて抱き締められた。

「忘れていなくてよかった。とても楽しかった。ありがとう」

「俺も、慣れてきたらすごく楽しかったです」

証拠に広間には花弁があちらこちらに落ちている。

「また踊ってくれるか？」

「はい」

ラファが即答すると、ウィルクは再びラファを抱き締めてきた。

ウィルクが喜んでくれていることが嬉しくて、ラファは花弁を降らせながら自分からもウィルクの背中にそっと腕を回した。


調理はすっかりラファの仕事になっている。

ウィルクの作るものがあまりにも適当で、そして、ラファが種を見付けて育てた芋はどうやらウィルクの魔法にとって生き物判定になるらしく凍ってしまうから触れないらしい。リリが、精霊は命を感じ取れるからねと解説をしてくれて、根菜が食料庫になかった理由がわかった。

根菜だけでなく、茸や豆や果実も駄目らしい。どうやら種がついていたり、そこから発芽できたりすると生きていると判定されるようだ。

サイカの実が廊下に落とされていたのは、触れて凍ってしまったからだと知って、ラファはとても申し訳ない気持ちになって謝った。ウィルクは自分の方こそ何も言わずにすまないと謝り返してくれた。

果実は火を入れたら大丈夫というので、サイカの実がたわわになるのを待ってお詫びも兼ねて焼き菓子を作ることにした。サイカの実から丁寧に果肉だけを取り、とろけるくらいに煮詰めて、堅パンを薄く切ってかららりと焼いたものに塗っただけなのだが、ウィルクはとても喜んでくれた。

「菓子なんて久しぶりに食べたよ」

「砂糖がないから、甘さが足りなくないですか？」

「いいや、充分甘い」

そう告げてきた顔の方が甘くとろけていて、ラファまで甘酸っぱい気持ちになった。

ウィルクの好きな食べ物、ラファの好きな食べ物。感動した景色や、興味のある本。二人で沢山の会話をした。

一日で一番長い時間を過ごすのは図書室だ。今日の午後は二人並んで読書だ。魔法書を夢中で読んでいたラファは、ふと触れてくる気配に気付いた。

一度席を立ったウィルクが戻ってきて、ぴったり寄り添うように隣に座ったのは把握していた。いつものことだし、今はそれどころではなかった。

魔法書に気になる記述があったのだ。ラファの知らない魔法陣で、書き換えを自由に行えるらしい。もしウィルクの魔力の源に癒着している魔法陣を消せるなら。しかし、最後まで読みきっても、ウィルクの呪いへの応用は不可能そうだった。溜息を吐いて魔法書を閉じる。

「どうした？」

耳元で囁《ささや》かれる。耳に心地のよい低音にラファの身体のどこかが甘く痺《しび》れた。

「いいえ、特には。……いつの間にこんなことに？」

いつの間にかラファの髪が編み込まれ、そこにラファが降らせたのだろう花弁や小花が挟《はさ》み込まれている。

「夢中になっていたからな。いつ気付いてくれるかと思って待っていた」

「悪戯《いたずら》しないで下さい」

ラファは頬を膨《ふく》らませ、自分の髪を持ち上げて花弁を一枚一枚外していく。きりがなくて髪を解いてしまおうと結び紐に手をかけた。

「せっかくの大作だぞ」

ウィルクは笑って言いながらラファの手を取って、結び紐を外すのをやめさせた。

「ウィルク。前にも言いましたけど、俺は男なので」

「男でも花が似合う。男でもこれ以上にないくらい可愛い」

また可愛いだ。もう何度言われたかも覚えていない。

「可愛いはもう充分ですから」

「いいや。何度だって言いたい。君は可愛い」

腰を引き寄せて密着してくる。花弁の散らされた頭に唇が押し当てられた。

「っ」

「嫌だったか?」

今度は間近で目を合わせて聞かれて、ラファは困ってしまう。

　いくらでも触れていいと自分から言い出した手前、触るななんて言えない。しかしウィルクの触れ方は、気のせいではなく日が経つごとに親密なものになってきている。広間で音楽に合わせて踊るのだって、戸惑うくらい密着する振り付けが増えてきているし、以前された目元への口付けのことも咎められず仕舞いだ。

「い、嫌ではないですけど」

「ならいいんだな？」

「い、いいとか、悪いとかではなく。こういう触り方は、恋人にするものです」

　ウィルクが一瞬険《けわ》しい表情を浮かべた。

「ラファには恋人がいるのか？」

　やけに真剣に聞かれて、ラファはウィルクから距離を取りながら答える。

「……いませんけど」

　答えた途端に、ぐいと腰を引き寄せられてウィルクの胸に倒れ込む格好になった。

「それはよかった」

　ウィルクは嬉しそうにラファを抱き締めてくる。

「よかった？」

　一体何の話だとラファが混乱していると、身体を離したウィルクがラファの手を取り、目の前に捧げ持つように持ち上げる。

「私をラファの恋人にしてくれないか？　君を愛してしまったんだ。愛している、ラファ」

濃青の瞳が探るように見詰めてきて、手の甲にゆっくりと唇を押し当てられる。

「え……っ？」

理解した途端、ラファの顔が一瞬で赤く染まる。そしてぶわああっと、近年稀に見る量の花弁が降ってきた。赤、黄色、白、橙に、青や紫まで。

「喜んでくれているのか？」

ウィルクが嬉しそうに微笑んだ。

「ち、違う。これは違います！　驚いただけ！　こんなこと初めてだから」

こんな風に他人から情熱的に愛を告白されることなんてなかった。だからよくわからなくて舞い上がってしまっただけだ。

「こ、恋人なんてっ」

「そうか」

自分も花にまみれてしまったウィルクが切なげに微笑む。なんだかとても悪いことをしている気分になってラファの胸がずきんと痛んだ。

「嫌がられなかっただけでも充分だ。時間はたっぷりある」

しかしウィルクはにこやかに微笑んで続けた。

「春が来るまでは二人きりだ。それまで口説き続けるよ」

目の前の饒舌《じょうぜつ》で情熱的な告白をしてくる人は、最初に出会った冷たい人と本当に同一人物なのだろうか。

「ラファ。君が私に春を運んでくれた」

ラファの手の甲に、再び温かくて柔らかい唇が押し当てられた。


「リリ。どうしよう、ウィルクに口説かれた」

「ラファ、部屋の中見えてる？」

リリは興味がないというように欠伸《あくび》をしながら答えた。

告白の後、ラファは自室に戻ってきた。どうやってウィルクと別れたかよく覚えていない。

自室で寝台の上に転がったり、椅子に座ったり、歩き回ったりをしばらく繰り返して、やっとリリの存在を思い出した。

リリはマントルピースの上に作ったねぐらで昼寝をしていたらしい。

「部屋の中って？」

ラファはやっと冷静になって部屋の中を見回して、絶句した。

部屋中、花弁と花だらけだった。

「こ、これは、違う、違うから！　だって、俺もウィルクも男なんだよ？」

「人間は男同士で交尾することもあるんでしょ。ラファが嫌じゃないなら男同士でも別にいいんじゃない？」

「こう……っ」

リリのいつもの直裁的《ちょくせつてき》な言い回しだ。しかし今回ばかりはラファは真っ赤になって手で自分の口を覆ってしまった。

男同士でも性交できるとは聞いたことがある。男女とほとんど同じような行為が可能らしい。その程度を知っているだけだったが、今のラファの頭は、勝手にラファとウィルクで置き換えて考えてしまう。

口付けし、裸になって互いに触れ合って、性器を刺激し合う。

すごくいやらしいと思う。でも何故か嫌悪感は湧かない。むしろドキドキする。性的に淡白だったはずなのに、下肢が反応した気配があって、ラファは慌てて思考を振り払った。

自分もウィルクのことが好きなのだろうか。今まで女性に強く惹《ひ》かれなかったのは、自分の性的指向が男性にあったからなのだろうか。考えれば考えるほどわからない。

そもそもウィルクはどうなのだろう。もともと男性が好きなのだろうか。ラファのどこを好きになったというのか。

そこまで考えて、ラファははっとした。

「触れられるのが俺だけだから」

春の精霊の加護を得た魔法使いは珍しい。それでも世界中を探せばラファ以外にもいるかもしれない。もしその魔法使いがこの城砦を訪れたら、ウィルクの気持ちはそちらに移ってしまうのではないだろうか。

その思い付きはラファの心に冷水を浴びせかけた。まだちらちらと降り続けていた花弁は、降ってこなくなった。

＊＊＊

埃一つなく掃除してある食堂で二人で夕食を摂る。

冬はいよいよ深まった。窓の外は吹雪いているようだが、魔法の城の中は暖かく快適だし、魔法の明かりが灯る。

食卓に上がっているのは、根菜をとろとろに煮込んだスープだ。サイカの果肉を絞った飲み物もある。

「ラファ。この後だが」

普段なら夕食の後は二人で遊戯室に行って遊ぶ。

「ごめん。ちょっと集中して読みたい魔法書があるから、自分の部屋に籠もって読む」

ラファは慌ただしく立ち上がって、自分の分の食器を隣の厨房で片付け、部屋に戻る。

「また逃げてきたの？」

部屋で寛《くつろ》いでいたリリは呆《あき》れた様子だ。

恋人になって欲しいと言われた日から、ラファはウィルクに近付けないでいた。ウィルクが触れようとしてきても、身体が勝手に避けてしまう。もう三日が経つ。

「ラファ」

だってとリリに反論しようとしたところで、扉の外から呼び声がかかった。

ラファの心臓が大きく跳ねた。

「少し話をいいか？　このまま聞いてくれていい」

慌ててウィルクを部屋に入れない言い訳を考えていたのに、意味がなくなった。

「私の告白は迷惑だったか？」

扉の向こうからいきなり核心を突かれた。

「それならあれはなかったことにしたい。そうしたら私はまたお前に触れてもいいか？」

「め、迷惑というわけではなくて」

ラファは扉に向かい合って告げたが、続きが継げない。

「いや、触れられなくてもいい。ただ、顔を見て会話するだけでも充分だ。このひと冬だけは幸福に過ごしたい。もう二度とこんな日は来ないだろうから」

「っ」

思わず扉を開けていた。ウィルクが驚いた顔で濃青の目を瞬く。

「だから、そういう寂しいことを言わないで下さい」

ラファは自分からウィルクの両手を握った。ウィルクの身体に緊張が走る。

「いきなりあんなこと言われたら、誰だって戸惑うに決まってる」

ラファはウィルクの端正な顔を睨み上げた。

「そうか。そうだな」

ウィルクが苦笑を浮かべる。そんな表情までやはり美麗だからずるい。

「春になったら俺はレガレノの森に帰ります」

ウィルクの濃青の目が見開かれた。唇を僅かに噛んで、悲しみを面《おもて》に出さないように努力している。触れているから余計にその気持ちが手に取るようにわかった。この人はこうして、色んなものを我慢してきたのだろう。

「でもまた来ます。父を説得して、あなたに会いに」

「ラファ……」

ラファの手が強く握り返される。

「だから友達じゃ駄目なんですか?」

「友達?」

「一生の付き合いになるんだから、別に恋人である必要はないでしょう?」

言いながらラファは俯いた。告白の返事から逃げているのだとは自覚している。

「ラファがそう望むならそうする。だが……」

ウィルクの手がラファの顎《あご》を掬《すく》い上向かせる。ウィルクは切なく微笑んでいた。

「ラファを愛しいと思う私の気持ちは一生変わらない」

「そんなの！　他にウィルクに触れられる人が現れたら。それが綺麗な女性だったら、絶対にその人を好きになる」

ウィルクが目を瞬き、それから優しい表情を浮かべる。予想もしない反応で、ラファも目を瞬いた。

「それを気にしていたのか。すまない、私の言葉が足りなかった」

謝罪をしているのにウィルクの声には安堵が滲《にじ》んでいた。

「そうはならない。触れられたら誰でもいいわけじゃない。君が危険を顧《かえり》みず私に触れて、大丈夫だと笑いかけてくれた瞬間、私は恋に落ちた」

「え……？」

あのときとラファは息を呑む。

ウィルクがまるで長い冬が終わったかのような表情をした、あの瞬間だろうか。

「あんな衝撃は二度と訪れないだろう。それから君と過ごして、君を知るにつれてこの想いは一層大きくなった。この何もなかった城が君に明るく変えられていったように、君は私の心も明るく穏やかにしてくれた。他の誰でもこんな気持ちにはならなかっただろう。私の心にはもう君以外の誰も入り込む余地がない」

熱烈な言葉の数々に、ラファはじわじわ恥ずかしくなってくる。

「これも可愛くてたまらない」

ウィルクが空いている手でラファの頭から何かを摘まむ。

「あ……」

「城のところどころに、花弁や花が落ちている」

「そ、それは」

全部片付けているつもりだが、ラファが気付いていないときに降ってくるものもあり、どうしても拾い残しが出てしまう。

「この窓からの景色が気に入ったのかとか、この魔法の仕掛けで遊んだのかと、花弁を見付けて君の様子を考えると私まで楽しくなってくる。実は、君に恋をする前から城でこれを見かけると、とても穏やかな気持ちになれた」

花弁のせいでそんなことを思われていたのかとむず痒い。

「王都では周囲の人間の言葉なんて信じる気になれなかった。でも君の言葉は全部真実だ。花が教えてくれる」

「ウィルク……」

「やはり駄目だな」

ウィルクの手が離れていく。体温が去って、少し寒い。

「友達では満足できない」

「それは」

「ラファ。君のことがもっと知りたい。君といて、君に触れていると、欲望が際限なくなる。君の唇の甘さだとか。肌の感触だとか。もっと深いところまで、何もかも全てが知りたくなる。恋とはこんなにも強欲な気持ちだったんだな」

「そ、そんなこと、言われても」

ラファは一歩下がろうとした。だが、ウィルクの手がラファを自分に引き寄せる。

「一度だけ、口付けをしては駄目か？」

情熱を孕《はら》んだ濃青の瞳がラファを見据えてくる。

「え……？」

「嫌だったら二度としない。一度だけ、私を哀れだと思うなら」

真摯《しんし》に請われてラファは悩む。

一度だけ、一度だけなら、いいだろうか。

自分にとって初めての口付けだけれど。

心臓がうるさい。全然考えがまとまらない。

ウィルクの端正な顔が近付いてくる。長い睫毛《まつげ》は漆黒できらきらした光を帯びている。鼻筋が綺麗だ。唇はほんのり色付いていて形よい。それに柔らかくて温かいことも知っている。目元に、頭に、掌に、唇で触れられた感覚を思い出し、ラファは瞼《まぶた》を閉じた。あの感触を、自分のそれで感じてみたいと思ってしまった。

まるで花弁のような柔らかさだと思った。でも花弁にはない熱を持っていて、弾力があって、潤《うるお》っている。触れているだけなのに、じわじわ心が満たされてくる。

瞼の向こうで、チカチカ光が瞬く。

「嫌ではなかったようだな」

離れていったウィルクが安堵したように微笑んだ。二人の頭や肩には色とりどりの花弁が降り積もっている。

「改めて乞《こ》おう。ラファ。私の恋人になって欲しい」

心からの笑顔を浮かべて再び口説いてきたウィルクに、ラファは抗《あらが》う術《すべ》を持たなかった。

この人に、笑っていて欲しい。寂しい顔も、辛そうな顔もさせたくない。

誰にも抱いたことのないこの気持ちは、恋以外の何ものでもない。

「……はい」

「…！　ラファ！」

自然と零れた返事に、返されたのは力強い抱擁だった。触れ合う身体も唇も先ほどより熱を持っている。身体の奥底にじんと熱が灯った。

「ねえ。それ以上はどこかに行って。埋もれちゃう」

「っ、リリ！」

二人の甘い雰囲気を破ったのは妖精だった。部屋には止めどなく花弁と花が降っていた。リリは埋もれないようにと一生懸命花弁と花の雨を避けながら移動していて迷惑そうだ。

いつの間にこんなにと真っ赤になったラファの手をウィルクが引っ張っていく。

辿り着いた先は同じ三階の西端のウィルクの部屋だった。

「ウィルク、んっ」

部屋に入るなり、再び抱き竦《すく》められて口付けを受ける。

「この部屋ならいくらでも降らせてくれていい」

「いくらでもって、あっ」

ウィルクの温かい手が背中をゆっくり降りていく。

「え？　す、するんですか？」

ラファも子供ではない。触れられる手の意図に気付いてラファは動揺した。

「私達はもう恋人だろう？」

「で、でも、こんな急に」

「少しだけだ。駄目か？」

またそれだ。切なく細められた目にラファが弱いことに気付いてわざとやっているのではないか。そんな疑念さえ湧く。

「駄目か？」

この雨に濡れた仔犬のような雰囲気が演技とは思えない。

ウィルクと触れ合う。今までのじゃれるような触れ合いではなく、恋人として、普段は晒《さら》さないような場所まで。

ラファは喉を鳴らした。

触れてみたいと、心が訴えている。

「す、少しだけ、なら」

正直に言うのは恥ずかしくて、ラファは視線を下に向けて応じた。

「わっ」

ラファの身体が浮いた。横抱きにされて部屋の奥に連れていかれる。危うげなく下ろされたのは寝台だった。

仰向けになったラファの上にウィルクが覆い被さってくる。

「少しだけ、ですから」

上目遣いに訴えると、ウィルクは妖艶に微笑んだ。了承してくれた……のだろうか。

ちゅっ、ちゅっと、顔中に口付けが降ってくる。擽ったくて身を捩ると頭が枕に沈み込むような深い口付けを受けた。

「俺、男ですよ？」

「知っている」

「ウィルクは男が好きなんですか？」

「男でも、女でも、こうしたいと思ったのは君が初めてだ」

「んっ」

ウィルクの手がラファの下肢に触れてきた。布越しにそこに触れられると、穏やかな刺激に吐息が零れる。

「感じやすいのか？　可愛いな」

「だからあんまり可愛って言わないで下さい。あっ」

手が裾から潜り込んできて直にそこに触れた。指の間に挟まれてゆるりと扱《しご》かれる。

「可愛いから仕方ない」

ウィルクは嬉しそうな表情を隠しもせず、ラファを横向きにして、向かい合うように寝そべる。一度離れた手が再び忍び込んできてズボンを下ろした。ラファの部屋の寝台は読書ができる程度の明かりを灯せるが、ウィルクの部屋も同じらしい。柔らかい光の中で、ラファの半勃《はんだ》ちになったものがふるんと現れる。

「可愛い色だな。あまり経験がないのか？」

「あ、ありませんけど」

「初めて？」

「……」

嘘を吐いてもしょうがないと思うのに、素直には答えられず、ラファは真っ赤になりながら頷いた。ウィルクが息を呑む。

「二十歳、だったな？　君は女性から見ても男性から見てもとても魅力的だと思うが」

「魔法使いは性欲が薄いんです。それに、そういう誘いがなかったわけではないです。ただ気乗りしなかっただけで」

男としての自尊心からラファはウィルクを睨み上げた。

「恋人も私が初めてか？」

「初めてです」

ラファは不貞腐れながら答える。

「もしかして口付けもさっきが？」

「初めてでした！」

ラファはぷいと顔を背けた。頬に唇が押し当てられる。

「そういうことは先に言ってくれないか？　知っていたらもっと大事に奪ったのに」

耳元に囁かれて、そんなことを言われてもと思ってしまう。

「あ、あなたは、経験豊富なんですか？　十年前って十五歳なんじゃ」

男相手は初めてだと言っていたが、女性相手はあるのだろうか。

「一応、王家に生まれたからな。房事《ぼうじ》指南の類いも受けた。王位を継ぐ者が無知や不能では困るだろう？」

「房事指南……」

ラファとは無縁の世界だ。

「義務の一環だ。私が自分から欲しいと思ったのはラファが初めてだし、私にとっても初めての恋人だ」

ウィルクの初めてという言葉はラファをふわふわさせてしまう。

「あっ」

ウィルクがラファの性器を大きな手で包み、ゆるりと擦ってくる。

「男相手で、大丈夫ですか？」

房事指南というからには、相手は女性だったのだろう。

「大丈夫どころか」

ウィルクはラファの右手を自分の下肢に導いた。服の上からでもはっきりとわかる硬さで、熱が籠もっている。

「ラファの秘密の場所に触れているという事実だけでとても興奮している」

「そんなの……」

耳に吹き込まれた事実に、ラファは何も考えられなくなった。ぱらりと頬に軽いものが落ちてくる感触がした。

「私が興奮しているのを喜んでくれているのか？」

頬に口付けられた。薄膜を通したような感覚で、花弁越しに口付けられたのだろう。

そうか、喜んでいるのか自分は。まさか花弁に自分の気持ちを教えられる日が来るとは。

「ラファは？　私に触って気持ち悪くないか？」

ラファの手は相変わらずウィルクのものの上にある。そろりと手を動かすと、布の向こうでそれは一層硬くなった。ウィルクが熱い吐息を零す。

嬉しいと、はっきり思った。

自分が触れてウィルクが感じてくれていることが嬉しい。

「俺も、あなたに直接触れていいですか？」

ラファの願いに、ウィルクは嬉しそうに笑って、応じてくれた。衣服から取り出されたウィルクのものはラファのそれより一回りは太い。そのうえ長くて、笠の部分が大きく張り出していて、まるで自分のとは別ものだ。重量のある熱い塊《かたまり》がラファの手の中でどくどくと脈打っている。

「気持ちいいな」

うっとりと耳元で囁かれると、自分のものがウィルクの手の中でびくんと震えたのがわかった。

「嫌でないならこうして包んで、擦ってくれ」

「んっ。こう、ですか？」

「そうだ」

教えられるように手を動かされる。ウィルクに擦られると、自分で義務的にしているときには得たことのない甘い痺れが背筋を走る。

「あっ、あっ」

ラファは必死にウィルクと同じように手を動かしながら、ウィルクの肩口に額を寄せ、小さく声を零す。

「ラファ」

顎を掬われ口付けられる。

「んぅ、んっ、んっ」

ぬるりと唇を舐《な》められて、驚いた隙に唇の合間から厚い舌が割り込んでくる。

「んっ……」

ウィルクの舌がラファの口の中を弄《いじ》る。舌先で色んなところを突かれ、擽られて、そのたびに甘い痺れが強くなる。ウィルクは変わらずラファのものを刺激してくるが、ラファはもう手を動かしているどころではなかった。

「あ、駄目。離して」

ラファは口付けを強引に解くと、ウィルクの胸に両手をつき、身体を引き離そうとした。だが、ウィルクは離れてくれない。ラファの腰をがっちり掴み、腕の中に閉じ込める。

「駄目。いくから、あっ、ああっ——……！」

ラファは極めた。身体がびくんびくんと跳ねて、二度、三度と濃い液体をウィルクの手の中に放ってしまう。

頭の中が真っ白になった。自分でしたときとは比べものにならないくらいの解放感と心地よさだ。持て余すような感覚に、心臓が早鐘を打って、呼吸が弾む。

しばらくして真っ白になった思考に滲むようにして自我が戻ってくると、ラファは慌てた。

「ごめんなさい。早く拭いて」

ウィルクの手を汚してしまった。拭くものをと上半身を起こして辺りを見回したラファは絶句した。

寝台の上は花弁で埋まってしまっている。押し潰された花弁が甘い匂いを放つ。

「新婚夫婦の初夜の寝台のようだな」

枕元にあったらしい布でウィルクが自分で手を拭き、ラファを引き寄せる。

「し、新婚っ」

ウィルクの指摘は的確だ。

「とても可愛かった、ラファ」

寝台にへたり込んだ格好のラファの背後からウィルクが抱き締めてくる。

「可愛くて、艶《なまめ》いていて。本当は今すぐにでも君を最後まで私のものにしてしまいたいが」

「最後……？」

「君のここに、私のものを挿《い》れる」

ウィルクの手が腰をなぞって尻を下りていき、ラファの慎ましく閉じた場所に触れた。

「あっ」

ラファの脳裏に、遠い昔にどこかで聞き知った知識が閃く。男同士の性交はそこを使う。

そこに、さっき触れたウィルクの大きなものを？

青褪めたラファにウィルクが苦笑を浮かべた。

「今はしない。ラファが求めてくれるまではしないと誓う」

ラファの唇を啄み、ウィルクがラファの乱れた衣服を整えてくれる。

「今夜は自分の部屋に帰りなさい」

ウィルクの顔は穏やかだ。切なさはない。

「でないとたった今した誓いを破ってしまいそうだ」

「あ、でも、ウィルクは……？」

ラファが中途半端に触れたものはまだ形を保っている。本来は淡白なラファだが、そのままが辛いのはわかる。

「野暮なことを聞かないでくれ」

ああそうか、自分で処理するのか。自分だけ解放されたことに罪悪感を覚えながら、ラファはぎくしゃくと部屋を出ていく。

扉を潜る前に振り返ると、ウィルクはラファの花弁に埋もれた寝台の上で優しく微笑んでいた。

（あれ、全部、俺が出した花……）

その中にウィルクがいることがとてつもなく恥ずかしい。ラファの気持ちに気付いたのか、ウィルクが花弁を掌で掬い上げ、愛しそうに口付ける。

「お、おやすみなさい」

ラファはまるで自身の敏感な部分に口付けを受けたような錯覚が起こり、急いで部屋を辞した。

自室に戻ってもラファの高揚はやまなかった。寝台の中で、先ほどまでウィルクと行った濃密な行為が生々しく思い起こされて、寝付くどころではなかった。朝方にやっと微睡《まどろ》むことができたのだが、翌朝ねぐらが花に埋もれてしまったとリリに叱られた。

＊＊＊

「弟の後ろ盾には嫌われているが、私と弟の仲はそれほど悪くないんだ」

昼間、二人でいるときに、ウィルクは自分のことをよく語ってくれるようになった。

今も図書室の長椅子で午後のお茶を楽しみながら二人並んで座っている。

中庭の植物は今日も灰色に覆い尽くされている空の下で青々と茂っていて、リリがあちこち飛び回っている。

「実は弟の母親も数年前に亡くなっていてね。弟は第一王子である私が王位を継ぐべきだと思うと手紙を送ってくれる。だが、私の状況を鑑《かんが》みると、それを公言するわけにはいかない、申し訳ないと」

ラファは少し安堵した。ウィルクには味方もいたのだ。

「優しい弟さんなんですね」

そういえば麓の村でよい評判だったのもその弟王子のことなのだろう。

「私はその弟の手紙に対して、どうしても、はっきりした返事はできなかった。いつかきっと戻るから待っていて欲しいとも、私のことは諦めてお前が王位を継ぎなさいとも」

私は弱いと吐《は》き出すウィルクに、ラファはそんなことはないと頭を横に振る。ウィルクがラファの頬をさらりと撫でて、ありがとうとお礼を言う。

「ラファのおかげで、やっと決断ができそうだ」

「それは、どちらに？」

聞くべきか悩んだが、どうしても気になってしまった。

ウィルクは頷いた。

「もちろん、私はここで一生を終わらせる」

ラファは思わずウィルクを抱き締めていた。背中に腕を回し、形よい頭を引き寄せる。

とても身に覚えのある言葉だった。ラファ自身が、村で一生を終える決断をいつかしなければいけないと思っていた。でもラファにはどうしてもその決断ができなくて。ウィルクの決断は、ラファのそれよりももっと重い。

「あなたならきっと立派な王様になったのに」

悔しいだろう。図書室の読み込まれた本や書き付けの束はウィルクの努力の証しそのものだ。ラファが教える魔法の話もぐんぐん吸収して、とても聡明なことを知っている。ラファを抱き上げて軽々と運べるのは、鍛錬を怠っていないからだ。出会ったときのラファを寄せ付けなかった冷たさも、優しさ故だ。

諦めないで欲しいと言いたかった。呪いはどうにかして自分が解くからと。でもその方法はどうやっても見えてこない。今はまだ気休めの言葉は言えない。

「もしあなたに呪いがなく、王様になって」

　だからラファは、あり得ない夢想話を口にした。

「俺が花弁や花を振り撒かない魔法使いだったら」

「だったら？」

　ウィルクは乗ってくれたようだ。続きを促される。

「王様のあなたは灌漑工事に困って、レガレノの森の魔法使いに助けを請うんです」

「それで？」

「もちろん、俺がやってくる」

「ラファは春の魔法使いなのに、灌漑工事に？」

「春の魔法使いでも、他の魔法もひと通りは使えます。魔法陣を刻んだり魔法具を作ったりするのは得意です。あの灌漑工事は、水の魔法だけでは無理だから、器用な俺に仕事が回ってきたんです」

　ラファは得意げに答えた。ラファの腕の中でウィルクが喉で笑う。

「それから？」

　ラファはウィルクを抱き締めていた腕を離して、ウィルクの横顔を見詰める。

「この灌漑工事、ここに魔法陣を刻んだらもっとよくなると俺は提案する」

「二百ベナでそんなことが？」

　ウィルクは以前二人でした話を思い出してくれたらしい。驚いた演技で応じてくれる。

「いいえ。二十万ベナです」

「二百ベナじゃなかったのか？」

ウィルクの眉間に皺が寄る。初めて見る表情だが、なんだか可愛い。ラファは小さく吹き出した。

「それは魔石の原価です。魔法使いの仕事はそんなに安くありません」

「そうか。……十万ベナにならないか？」

「二十万ベナです。悪い魔法使いなら二百万ベナは吹っかけるところですよ？　これ以上は一ベナも負けられません」

「強情だな」

「魔法使いの矜持《きょうじ》です。依頼者に下に見られるわけにはいかない。それに、魔法使いだからって生まれながらに魔法陣を刻んだり魔法を使ったりできるわけじゃない。血の滲むような努力をしてきました」

「それは悪かった。機嫌を損ねないでくれ。では、魔法陣は二十万ベナで」

「ええ、後は大船に乗った気分で仕上がりをお待ち下さい」

王様と招聘された魔法使いごっこは大層楽しかった。

互いに少しずつ違う道があったならば、実現していたかもしれない。

「しかし、困ったな」

「何がです？　灌漑工事は大成功ですよ？」

「私が魔法使いに恋してしまった」

「っ」

突然の艶いた展開に、ラファはひと息吐いたからと口にしていたお茶を噴き出しそうになった。

「な、なん、何でですか？」

なんとか噴き出さずに済んだが、ラファは新緑の目をいっぱいに見開いてウィルクを問い詰める。

「これは仕方がない。魔法使いがとても有能で会話をしていても楽しいし、一生懸命なところがいじらしく、これでどうだと笑う顔が可愛くて、とどめを刺された」

ウィルクは自分の心臓の上に手を当てて深刻な表情を浮かべる。

「とどめって。王様は俺以外にも触れられるんですよ？」

「確かにきっかけはそれだが、どうやら私はそもそもラファが好みだったらしい」

ウィルクが眩《まぶ》しそうに目を細めて見詰めてくる。先ほどから黄色や白の花弁がぱらぱら落ちてきていたのだが、急激に増えて、赤やピンクが増えてくる。

本気かと問う前にこれだ。喜んでいるのが知られているのに、問う意味があるのか。

「どうしたらレガレノの森の優秀な魔法使いを私の手元に置けるだろう」

ウィルクはまだ王様と招聘された魔法使いごっこを続けている。

「この気持ちを正直に告白して、毎日愛を乞えばいいだろうか」

ウィルクの手がラファの手を取り、甲に口付けてくる。

「それとも謀略を巡らせ、私を受け入れるように仕向けるべきか。いや、駄目だ。こんなに可愛らしい人にそんな酷いことはできない」

芝居がかった口調だが、ウィルクの濃青の瞳は本気だ。

「ウィルク……」

「君を森に帰したくない。ずっと私の傍にいて欲しい」

ああ、これは芝居ではない。本心だ。ラファは悟った。ウィルクは春になってラファに森に帰るなとは言わない。ラファも一度森に帰っても、できるだけ早くこちらに戻ってくるつもりだ。しかしその後は？　その後、ラファはこの城砦でずっと暮らすのだろうか。

「王様が望んでくれるなら、俺は王様の国の魔法使いになります」

王様と招聘された魔法使いごっこの続きで、ラファは答えた。

「知らないいんですか？　宮廷魔法使い。魔法使いの地位と給金を保証してくれたら、魔法使いは森から出て、一つの国に仕えるようになるんです」

「しかし、それには北の国が傾くくらいの莫大な費用がかかる」

「仕方ない。魔法使いも王様に絆《ほだ》されてしまったので、特別に破格で応じます。代わりに生涯俺だけを愛してくれると約束して下さい」

「それは、遊びの続きではなく？」

ラファの気持ちをウィルクは理解してくれたらしい。

ごっこ遊びはこれで終わりだ。

「春が来たら、一度だけ森に帰らせて下さい。その後はずっとあなたの傍にいます。ああ、でも年に何度か一日とか二日だけ森に帰省するくらいは大目に見て欲しいんですけど」

ウィルクが感無量な様子でラファの頬を掌で包んでくる。

「本気か？　君は冬の秘宝で花弁や花を降らせる力を抑えて、外に出たいと願っていたのではないのか。それでは村にいるときと変わらない」

「あなたが俺の存在で覚悟を決めてくれたというなら、俺も覚悟を決めるべきだと思いました。確かに、外に出ていくのは夢だったけど、あなたの役に立てるなら、悪くない人生だと思います。だって、その……。恋人と一緒のわけだから」

ウィルクはまるで泣きそうだ。

「ラファ。付いてきてくれ」

てっきり口付けられると思っていたのに、ウィルクは突然立ち上がり、ラファの手を引いて歩き出した。

「どこへ？」

「着いたらわかる」

ウィルクは階段を上がり、三階の自室に向かった。部屋に入って、寝台に向かう。一瞬そういう意図だったかとラファは身構えたが、ウィルクは寝台の向こう側にラファを連れていく。

ウィルクが壁に触れると、壁がごとごとと音を立てて蠢き、下へと向かう階段が現れた。

「隠し通路」

「そうだ」

ウィルクはそのまま階段を下り始める。大人一人通るのがやっとの幅の狭い通路だ。真夜中の廊下と同じように足元が照らされる。階段の数からすると、地下まで行くのだろうか。下りきってからもしばらく進む。煉瓦《れんが》で覆われていた壁は、途中で岩肌に変わった。おそらく、居館の背後の山の中辺りではないだろうか。そう思っていると、頑丈な扉が現れた。

扉の前に、番犬のように大きな灰銀の狼が寝そべっていた。

「ルース？」

城砦の中で滅多に見かけないと思ったら、こんなところにいたのか。ルースはゆっくりと立ち上がる。

「よいのですか？」

暗がりで光るルースの瞳はラファを見、ウィルクを見て、ウィルクに問いかける。

「ああ」

「……今の持ち主はあなたです。どうぞ」

ルースが扉の前を退くと、ウィルクが扉を開いた。ギィと耳障りな軋《きし》み音とともに扉が開くと、ウィルクがラファに頷いて中に入っていく。ラファも続いた。

岩をくり抜いて造った広間のような空間だった。壁面がうっすら輝いていて明るい。

その中央の台座に、青白く輝くものがある。

「冬の秘宝」

間違いない。ラファはごくりと喉を鳴らした。

階段が現れた瞬間から気付いていた。とても強い冬の気が立ち上ってきたから。

「そうだ。私の母の形見だ」

台座の前でウィルクが告げた。

「ウィルクのお母さんの？」

隣に立って覗き込んだものは赤子の拳ほどもある大粒の碧玉《へきぎょく》だった。それを大小の宝石で飾り、ペンダントの形に整えている。だが、ラファにはわかる。これは魔法具だ。中央の碧玉は魔石で、とてつもない冬の気が封じ込められている。大小の宝石もまた魔石で、碧玉を安定させ、持ち主の魔力を注ぐことで冬の気を望むまま取り出せるようになっている。

「こんなとんでもない魔石があるなんて」

冬の秘宝の力はラファの想像を超えていた。

「魔法使いが身に着けていないから、強過ぎる冬の気が漏れてしまっている。これがこの城の周囲の厳しい寒気に影響しているんですね」

ウィルクが頷いた。

「さすがだな。その通りだ」

ウィルクは冬の秘宝に手を触れる。

「母の里に代々伝わっていたものらしい。母の里はもともと小さく、里の外に出ていった魔法使いも帰ってこなくなり……。母が最後の一人だったそうだ。母にはこれだけが残されたと言っていた」

「最後の一人……」

魔法使いの村はいくつもあるが、消えてしまったという話がいくつもある。

人口が少なければ村は維持できないし、遠い昔には魔法使い攫いに滅ぼされたこともあったようだ。

「母には他の魔法使いの村へと行く道もあっただろうが、父と結婚した。そして私を王にすることに固執《こしつ》した。私にとって魔法使いとは母だ。魔法使いとは情念の強い生き物だと思っていたが、ラファは正反対だな」

「正反対？」

「素直で、前向きで、ひたむきで、可愛い」

「また可愛いですか」

「褒めている」

「それはわかってますけど」

ウィルクが、ならばよかったと微笑む。

「この秘宝の力は強大だ。私を害するようなものがこの城に近付かないように城の周囲を凍らせ、持ち主の私の意思に呼応して、冬の気で周囲の全てを凍りつかせる」

ラファは中庭の蜘蛛のことを思い出した。

この冬の気なら難しくはないだろう。まるで冬の精霊そのものが閉じ込められているかのような凄まじさだ。

ウィルクは冬の秘宝を手に持った。

「使い方を誤れば、どんな被害が出るかもわからない。けれどラファなら大丈夫だ。君に贈ろう」

ペンダントがラファの首にかけられた。実際の重量以上にずっしり重く感じられる。

「そんな！　こんな大事なものもらえません」

母親の形見というだけでも大切なものだろうに、この冬の秘宝がウィルクを守ってきたのだ。

ラファはペンダントを外そうと手をかけたが、ウィルクがラファの手を止める。

「もう必要ない。私は王位継承権を放棄する。そうすれば私の命は無価値だ。ああ、命を狙ってくる者にとってという意味だ」

　ラファが散々悲しいことを言うなと言ったからなのか、ウィルクは苦笑して言い添えた。

「でも、お母さんの形見なのでは」

「君が持っていてくれ。これがあれば夢を叶えられるんだろう？」

「それは……」

　実際に手にした冬の秘宝の力はラファの春の気よりも格段に強く、ラファの春の気を覆って表層を眠らせてくれる。これがあればラファは花弁や花を振り撒いたりしないし、春の気を使いたいときには使える。

　ラファはウィルクを見据えた。

　先ほど図書室で、ラファは決意を告げたはずだ。

「俺はあなたの傍にいると言いました」

「ああ、一生傍にいて欲しい。でもずっとではなくていい。森には帰りたいときに帰ればいいし、魔法使いとして外の世界にも行けばいい。そして好きなときに私のところに帰ってきて、外の話を聞かせてくれ」

　ウィルクの眼差しはどこまでも優しくて、心からそう考えているらしかった。

「何故泣くんだ」

　ウィルクの手がラファの目元を撫でてきて、ラファは自分が泣いていることを知った。

「冬の秘宝が欲しかったんだろう？」

「そうですけど。そうじゃなくて。ああ、もう」

ラファはペンダントを外し、台座に戻した。

途端に、広間中にチカチカとした光が発生して、洞窟中に花弁が吹雪のように舞い散る。

「あなたの気持ちが嬉しくて。こんな優しい人を好きになってよかったって」

自分がどれだけ喜んでいるのか、この花弁の量を見ればわかるだろう。

「そうか」

ウィルクが嬉しそうに微笑む。ラファの髪を撫でて、花弁を払ってくれるが、また新しい花弁が降ってきてきりがない。

「俺がこれを持って消えたらどうしたんですか」

「それでも惜しくはないな。このひと冬の思い出は冬の秘宝に勝る。ラファはそんなことはしないだろうが」

どれだけ自分を信用してくれているのか。でも万一そうしたとしても、ウィルクは許してくれるだろう。

「するわけないじゃないですか」

怒った口調で言ったのに、また花が降ってくる。今度は紫がかった赤だ。夏の朝に、その日の暑さを待ち望むかのように咲く花が、大きく開いた花ごと。

この花はすぐ萎《しお》れてしまう。萎れる前に、言わなければ。

「今の俺の夢は、あなたとずっと一緒にいることです。外の世界よりも、あなたの傍にいたい」

「ラファ」

ウィルクがかき抱いてくる。ラファもそれに応えてウィルクの背中に腕を回した。

気持ちが通じ合っていると感じた。ラファは冬の秘宝という対価がなくてもウィルクの傍にいたいし、ウィルクもただラファだけを求めてくれている。

損得なく、ただお互いに求め合っている。通じ合ったと思える。

どれだけそうしていただろう。

「物で釣ってしまったようで気まずいのだが」

ウィルクが小さく咳払《せきばら》いをする。

「今すぐ君を私のものにしてしまいたい。最後まで。駄目か?」

囁かれた言葉の意味を悟ったラファが返事をするより前に、降ってくる花弁が赤く濃いものに変化していく。ウィルクが苦笑する。

「返事は明らかなようだが、ちゃんと言葉で聞きたい」

硬い指先で唇をなぞられ、促されて、ラファは頷いた。

「俺も、あなたの全部が欲しいです」

手を繋いでもどかしい思いで狭い階段を上がる。

ウィルクの部屋に出ると、二人とも衣服のあちこちに花弁がくっ付いているうえに、急いで階段を駆け上がったせいか埃まみれだった。

「ふ、ふふっ。酷い格好」

「ラファもな」

お互いのみっともない格好がおかしくて笑い合い、払い落とすより早いと衣服を全部脱ぎ捨てて寝台に縺《もつ》れ合うようにして飛び込んだ。

横向きに向かい合い、身をぴったり寄せ合ってどちらからともなく口付けた。ウィルクの唾液が花の蜜のように甘く思えて、ラファの方から舌を差し出す。するとすぐに搦《から》め捕《と》られてウィルクの舌ごと口の中に押し戻された。ぬるぬると舌を絡め合いながら口の中のあちこちも弄られる。

「ふ、ぁ、あんっ」

押し付け合うような格好の互いの腰に、熱い塊がある。腰をもじつかせるとそれらが擦れて、なんとも言えない感覚を生む。

気持ちいいと、ラファは無意識に腰を揺らしていた。

「あっ」

　ラファの身体が寝台に仰向けにされる。ウィルクが覆い被さってきた。その裸の背中にはらはらと花弁や花が降り積もる。

「ラファ。私の春の魔法使い」

　ウィルクの手がラファの髪を梳き、頬を辿る。

「私のものにしたら、もう逃がしてやれない」

「それは俺の台詞《せりふ》です。俺をこんなにしてしまったんだから、俺以外に目を移したら許さない」

　ラファの返しにウィルクは目を細める。

「君は本当に。外見は硝子細工《ガラスざいく》のような繊細さなのに、中身はとても強い。そういうところがたまらなく可愛い」

「可愛いはもういいです。それより返事は？」

　ラファはじっと睨み上げながら催促する。

「もちろんラファ以外に心を移したりしない。誓うよ。私の一生は君とともに。君は私の最初で最後の恋人だ。君も誓ってくれるか？」

「誓います。俺の恋人も、一生あなただけ」

　答えはラファの中からするりと出てきた。

「ラファ」

感極まった様子のウィルクに口付けられる。さっきよりももっと甘い気がする。深い口付けの後に唇を離して見詰め合ったら、またたまらなくなって再び口付ける。同じことを何度も何度も繰り返して、きりがないと同じ瞬間に吹き出した。

「あっ」

ウィルクの唇がラファの頬から首筋を辿り、胸に降りていく。

「ラファはここも可愛いな。これと同じ色か。いや、こちらかな」

降りしきる花弁の中からウィルクは淡い紅色のものを探し当てて、ラファの胸に落として色を比べ始める。

「そ、そういうの、やめてください」

なんて恥ずかしいことをするのだ。ラファは身を捩った。

「すまない。ずっと誰にも触れ合えず抑圧されてきたから、可愛いものは徹底的に可愛がらねばという気持ちになってしまっているようだ。しかし、確かに見ているだけではもったいない」

ウィルクは笑って、花弁と同じ色だと言ったそこに吸い付いた。

「あっ」

食《は》まれたままぬるりと舐められる。胸の先端の小さな粒を舌の先端でちろちろと擽られると、えも言われぬ感触が背筋を走った。

「んっ、あっ……。何で」

普段は気にもしない場所だ。どうしてそんな場所が感じてしまうのか。

「こんなに小さくてもちゃんと尖るんだな。それに色が少し濃くなっていやらしくなった」

顔を離したウィルクが興味深げに零す。

「尖る……？」

ラファが自分の胸を見下ろすと、先ほどまでウィルクに食まれていた右側の粒だけがつんと立ち上がっている。しかも唾液で濡れそぼっていて、つやつやと光を弾いている。

「っ」

淫靡《いんび》な様にラファは思わず手でそこを覆っていた。

「それはもう片方を可愛がって欲しいという合図か？」

ウィルクが笑って、無防備なままだった左側にやわく食い付いてきた。

「ひゃっ」

歯でやんわりと根元を刺激され、僅かな痛みとそれ以外の何かが身体を駆け抜ける。次には慰撫《いぶ》するように舌の腹で転がされる。

「あっ、あっ」

刺激に震えた隙に右側を覆う手を外された。そちらは指で押し潰されて、両方から刺激が絶え間なくやってくる。腹の奥底をぞくぞく走るのは、紛れもない快感だ。

「ウィルク、これ、やだ、怖い。変になる……」

性器に触れられて気持ちいいのは理解できる。でもそれ以外でこんな風になるなんて。成人男性がこんなことを怖がるのはどうかとも頭の片隅で思ったが、怖いものは怖い。

「ラファ。嫌だったか？」

ウィルクが身体を起こし、ラファの泣きそうな顔を見下ろしてくる。

「だって、俺、男なのに。こんな……」

膨らみもない胸を弄られて、気持ちよくなるなんて。まだ触られてもいないラファの雄はウィルクの引き締まった腹に付くほどはっきり勃起していて、先端がうっすら濡れている。

「変じゃない。男でも女でも、ここは敏感な場所だ」

「あっ」

ウィルクの指が右の胸の粒をそっと弾く。たったそれだけの刺激でラファの身体は震えてしまった。幹の先端からじゅわっと先走りまで滲んでしまう。同時にばらりと花弁の塊が降ってきた。真っ赤な薔薇の花弁だ。ラファの官能に反応したらしい。ウィルクが微笑む。

「痛かったり気持ち悪かったりするならやめるが、どうか私にラファの全部を可愛がらせて欲しい」

「全部……」

「そう。全部だ」

「……今日、一気に何でもかんでもじゃなくていいと思う。まだ先は長いんだし」

最初からこんな濃い愛撫を全身に受けてしまったら、おかしくなってしまう。ラファはそんな風に思って言ったのだが、目の前のウィルクの顔が見る間に緩む。

「そうか。先は長いな」

「……ええ。長いですから」

自分の言葉は期せずしてウィルクを喜ばせてしまったらしい。

「ラファ、愛している。君だけだ」

「俺も……、あ、愛……」

口にするのは気恥ずかしい。どうしてウィルクはあんなに簡単に言えるのだ。

「無理はしなくていい」

ウィルクが笑う。

「む、無理じゃない」

こんなときに言葉を返せないなんて、男として情けないではないか。

「俺もウィルクを、愛しています」

「ラファ」

言葉を確かめ合うようにどちらからともなく口付け合った。何度も啄み合ううちに、ウィルクの手がラファの雄を手で包み、ゆるゆると擦り上げてくる。

気持ちいい。ラファはうっとりしながら、ウィルクのものに自分の手を添える。完全に勃起していて、ラファに触れるだけで、こんなになったのだと感動した。熱く脈打つ男のものが愛おしいと思う日が来るなんて、なんだか不思議な気分だ。

口付けを解いたウィルクが上半身を起こし、寝台の脇に手を伸ばし、引き出しの中から小瓶を取り出してきた。

「それは？」

「香油だ。普段は鍛錬後に身体を揉み解すために使っているが」

ウィルクは小瓶の中身を掌に垂らす。とろりとしていて甘い香りが漂ってくる。

どうするのだろうと思っていたら、ウィルクは香油の乗った手を寝転んだラファの股間に差し込んできた。

「あっ」

ぬるっとしたものがラファの陰嚢《いんのう》の奥に塗りつけられる。香油を纏った指がその奥の窄《つぼ》んだ場所を揉むように押してくる。

「本来挿れる場所ではないからな。こうして、慣らす必要がある」

「あ、あっ」

ぐっと指先が押し入れられた。異物感にラファは身を捩った。

「痛いか？」

「い、いえ、痛くはないけど」

冷や汗をかきながらラファは答える。

「そうか。でも辛そうだな」

ウィルクの視線がちらりと上を向いてラファに戻ってくる。

間断なく降っていた花弁が降りやんでしまっている。ラファは慌ててウィルクの手首を掴んだ。

「嫌なわけじゃありませんから」

「そうか」

ウィルクが安堵した様子でラファの額に口付けてくれた。

「辛かったらすぐに言ってくれ」

「はい」

ラファの中に入ったウィルクの指がゆっくり蠢き始める。時間をかけて第二関節辺りまでを埋め、ラファが落ち着いているのを見計らって、指先を曲げ、中を探るように解していく。

「んっ」

痛みはないが、やはり異物感が大きい。

「あっ」

ウィルクが空いている手をラファの前に伸ばしてきた。前への刺激は気持ちいい。そうしてラファの気が一瞬緩むと、指がもっと奥に入ってくる。思わず硬直する身体を宥《なだ》めるようにまた前を扱かれる。

「あっ、ああ……っ」

ラファは片方で後ろ手に敷布を掴み、もう片手で前に触れているウィルクの腕を掴んだ。気持ちいいと異物感が交互に大きくなる。

「ひっ」

突如、目の前に星が飛んだような心地がした。

「ああ、ここか」

いつの間にかウィルクの指が根元まで入っている。その指先がラファの中のどこかを、やっと見付けたとばかりに捏《こ》ねる。

「あっ、な、何、これっ」

異物感はどこかに行き、前への刺激と同じくらい、いやもっとはっきりとした痺れるような快感が溢れてくる。

「男の感じる場所だ。怖くはない」

「ひゃ、あっ、ああっ……!」

前も中もどっちも気持ちよくなる。二つから来る快感が共鳴してより強いものに変わっていく。

「指を足すぞ」

ウィルクが何かを言っている。

「あ……っ」

入り口がぐっとこじ開けられて、中にもう一本指が入ってくる。

「あっ、あ」

二本の指がラファを翻弄《ほんろう》する。ラファの口から嬌声《きょうせい》がひっきりなしに零れる。

「もう一本」

ラファの中に三本目の指が入ってくる。その瞬間だけ苦しかったが、すぐに馴染んだ。

「柔らかくなってきた」

ウィルクが嬉しそうに微笑む。

「ウィルク、ウィルク。もう、もういいから」

ずいぶんと長い時間、自分だけが翻弄されている気がする。ラファの中がウィルクの指を勝手に締め付けている。

気持ちいい。気持ちいいけれど、もどかしい。これでは熱が蟠《わだかま》っていくだけで、解放されない。

「お願い」

「ラファ」

涙に濡れた瞳で訴えると、ウィルクがごくりと喉を鳴らし、指を引き抜いた。

「あ、は……、はっ……」

奇妙な喪失感と安堵にラファは息を吐いた。だが、呼吸を整える間もなく、両脚が抱え上げられた。空虚になった場所に、指より太いものが押し当てられる。

「ウィルク」

ラファは掌で目を擦り、ウィルクを見上げた。いつの間にかウィルクはラファの両脚の間に陣取り、上半身を屈めてこちらを見詰めていた。

「いいな？」

何をかなんて聞かなくてもわかる。熱い切っ先がラファの入り口に擦り付けられている。香油のせいかぬちぬちした感触が縁を広げようとしてくる。

ウィルクのものを思い浮かべる。あんなに大きいものが本当に入るのだろうか。

「来て下さい」

不安を振り払い、ラファはウィルクに手を差し伸べた。逞しい肩に掴まり、衝撃に耐える。

「ああ……っ」

ゆっくり、ウィルクがラファの中に沈み込んでくる。大きくて、苦しい。

「ラファ、息をするんだ。ゆっくりするから。ほら」

ウィルクの指に唇を開かれ、ラファは塊のような息を吐き出した。自分が息を詰めていたことすら気付けていなかった。

「苦しいか？」

ウィルクが申し訳なさそうに聞いてくる。

「苦しい」

ラファは正直に告白した。また花弁が降りやんでしまっていたから、嘘を吐いても仕方がない。

「でも、嬉しい」

自分の中に埋められた熱を感じながら胸の中にじわじわ湧いてくる気持ちも告げると、ラファの顔の横にはらりと白い花弁が落ちてきた。

「ラファ」

「好きな人と交わるって、こんなに満たされるんですね」

「ああ。私もまったく同じことを感じている」

ただ繋がっているだけなのに、交わし合う視線まで心地よい。

「でも足りない。全部、下さい。あなたが全部欲しい」

「私も同じ気持ちだ」

ウィルクが身体を屈めて、顔を寄せてくる。ラファも頭を起こして唇を重ねた。

「あっ、ん……」

ゆっくり、ゆっくり、ウィルクはラファの奥まで征服した。そのたびに中が開かれて苦しくはあるが、熱い何かも湧いてくる。

「全部入ったぞ」

「ほん、とう、に……?」

とても長い時間が経った気がする。ラファが呼吸を弾ませながら目を瞬いて問い返すと、ウィルクがラファの左手を二人の間に促した。

「あ……」

本当にウィルクのものが根元までラファの中に入っていた。

「くっ」

思わず締め付けてしまうと、ウィルクが小さく呻く。

「ラファとの初めてだ。本当はこのまましばらく堪能したいのだが……」

我慢できそうにないと掠《かす》れた声で告げられる。

「んっ。動いて、下さい」

ラファは笑って答えた。

鼓動が速い。少し休憩したいと思うけれど、こんな飢えたような気持ちでゆっくりなんてできそうもない。

「早く、最後までしたい」

これで終わりでないことはラファも充分理解している。

「ラファ」

ウィルクが感無量といった様子でラファの名前を呼ぶ。

「あ……ッ」

まずはズンっと深くまで押し付けられた。

「あっ、あ、ああっ」

続いてずるりと抜かれると喪失感が寂しくて、ラファの中は追い縋《すが》るようにウィルクを締め付けた。

「これは……」

再び突き入れられると、身体が歓喜に満ち溢れる。

「初めてでこれか？　なんという」

ウィルクが呻くようにして何かを言っている。クソッと、何かに向かって悪態を吐き、急に激しく動き始めた。

「ひっ、や、あ、っ、激しいっ」

「仕方ないだろう。こんな風にされては我慢なんかできない」

ラファの甘い悲鳴をウィルクが唇で塞いでくる。腰骨に響くくらい強く深く中を抉《えぐ》られる。

「あ、そこっ」

指で暴かれた感じる場所をウィルクの切っ先が擦り上げた。目の前がチカチカ光る。激し過ぎる刺激が瞼の裏を白くしている光なのか、頭上で名もなき精霊達が盛大に花弁や花を生み出している魔法の光なのか、判別もつかない。

「あ、あっ、あっ」

ラファの身体がひっくり返された。中でぐるりとウィルクのものが回ってそれすらも刺激になる。

腰を抱え上げられ、打ち付けられる。

「あっ、あん、ああっ」

ひっきりなしに口から甲高い声が溢れてしまう。

ふらふら揺れていたラファの雄が捕らえられ、腰の動きと合わせるようにして扱かれ始めるともう駄目だった。

最初は腕で上半身を支えていたが、力が入らなくなって肩をついて、尻だけを掲げるような体勢になった。ウィルクの動きがもっと速くなる。

「あ、やっ、も、いくっ……」

「ラファ、一緒に」

「ああァッ――」

身体の中の魔力が一気に抜けていくときのような感覚にも似ていて、その反面、身体中の隅々まで満たされたような、不思議な解放感だった。頭の中が真っ白になりながら、身体の奥底に叩き付けられる奔流《ほんりゅう》を感じる。

ウィルクも極めたのだ。

そうか、ウィルクも自分で気持ちよくなってくれたのか。

ラファは気をやりながら、口元を緩めていた。


柔らかい陽差しに、ラファはふと目を覚ました。どうやら朝を迎えたらしい。珍しく朝から晴れているのか。

重い瞼を開けると、目の前にはウィルクの裸の胸が。そして、自分達にかかっているのは毛布ではなく、花弁と花の山だった。

ああ、そうか自分達は結ばれたのだ。面映《おもはゆ》い気分になりながらウィルクを見詰める。

「綺麗な、顔」

こうして間近で見ると改めてウィルクの造作が整っているのがよくわかる。容姿だけではない。優しくて、勤勉で、逞しい。非の打ち所のない王子様だ。

そんな人と、昨晩自分は……。

具体的なあれこれを思い出したら花弁がぱらぱら散ってきて、ウィルクの顔に落ちてしまった。

ふっと、ウィルクの目が開く。

「起きたのか。身体は大丈夫か？」

「身体？」

髪を梳かれながら気遣われて思い出す。

昨晩、ウィルクと結ばれた後、ラファは気を失ってしまったのだ。そしてすぐに目覚めはしたものの、気怠さで身体を動かすのが酷く億劫《おっくう》だった。それでウィルクがラファの身体を拭いてくれたり、寝台の上の花弁を片付けてくれたりしたのだが、ラファは途中で眠ってしまったらしい。

「掛け布団もいらないな」

ウィルクは花の褥を見回しながら、そんなことを言う。どうやら眠っている間も高揚が続いて、花弁を降らせ続けたのだろう。こんなことは初めてだった。

「……すみません」

「どうして謝る？　こんな最高な恋人はラファしかいないのに」

ちゅっと可愛らしい音を立ててこめかみに口付けられる。

「君が気持ちよくなるたびに花弁が降ってきて、甘い匂いが褥を満たす。私はちゃんと君を気持ちよくさせているのだとわかって、君を可愛がる手が止まらなかった」

「……。最初のときと全然違う人みたいだ」

予《かね》てから思っていたことをラファは言ってみた。

「そうか？」

ウィルクは笑って返す。

「だって最初は、出ていけ、近付くなって。愛想笑いもしてくれなくて。もちろん、俺のためだったとはわかっていますけど」

「最初から心惹かれてはいたがな」

「えっ？」

「いきなりやってきて、冬の秘宝を探しに来たと真っ正直に言うし、その割にないと言えばあっさり帰る。雪が降り始めていたが、魔法使いだから帰る方法くらいあるはずだと思って無視しようとしたが、どうにも心配になって後を追ってみたら、案の定、足を滑らせて割れ目に落ちかけているし」

「あれは……。俺のこと、馬鹿だって思いました？」

「いや。他の誰かならルースに任せて終わらせただろう。どうせこの手では助けられないのだし。わざわざ自分も出向いたのは、きっと最初からラファのことが気になって気になって仕方なかったのだと思う」

「ウィルク……」

黄金色の花がぼとぼと降ってくる。金線のような花びらが四方に広がっていて、光彩のような形だ。こんな大きな花が丸ごと落ちてきたのは初めてだ。

　昨日は自分の気持ちを証明するのに役に立ったけれど、いつもこれではたまったものではない。

「あの、やっぱり冬の秘宝。俺が持っていていいですか？」

「もちろん。あれはもうラファに贈ったものだ」

「いいえ。もらうかは、ちょっと保留にして。その……、このままでは、城中が花弁で埋もれてしまう」

　身体を繋げたという事実を思い浮かべるだけでふわふわした気分になってしまう。おそらくこの高揚感が落ち着くまではずっと花弁と花は降り続けるだろう。生活に支障が出るのも目に見えている。

　ウィルクは目を瞬き、声を上げて笑った。

「いっそそうさせてみるかと思っていたところだったが」

「ウィルク」

「全て私の恋人の思うようにしてくれたらいい」

＊＊＊

「ラファ、おはよう」

「おはよう、リリ」

ラファが朝食の支度をしていると、リリが現れた。

ラファはウィルクの部屋で眠るようになってしまったので、ラファの使っていた部屋はリリの専用になっている。

「その服、またあいつの？」

リリは嫌そうにしながらもラファの肩に止まってくる。最初の頃のウィルクの態度への誤解は解けたはずだが、どうにも好きになれないらしい。

「うん。少し暖かくなってきたから、薄手のものをくれたんだ」

ラファは着替えを持っていなかったので、とても助かった。ウィルクが十五歳の頃のものというのは男として少々面白くないが。

「それ、野苺《のいちご》？」

ラファの手元を見たリリの機嫌が一気に上向く。

「そうだよ。ルースが城の周囲で見たことあるってわざわざ外に出て種を掘り出してきてくれたんだ」

「あの狼野郎が？」

リリはルースを親の仇《かたき》のごとく嫌っている。

実はラファが冬の秘宝を持つようになって、ルースがやっと好物を教えてくれたのだ。ルースは果実が好きらしい。それで自分で取ってきてくれたのだ。リリが知ったらそんなことしないでいいと憤慨しそうなので内緒だが。

「いい加減仲直りしなよ。ほら、リリのために野苺の花も用意してあるよ」

用意しておいた苗ごとの野苺の白い花をこんもり出してやると、リリは肩から降りて白い花の中に頭を突っ込んで啄み始めた。

「新鮮じゃないからちょっと味が薄いよ！」

ぷりぷりしながらもむぐむぐ食べている姿が可愛くてラファは笑ってしまった。

「何を笑っているんだ？」

ウィルクが顔を出してくる。

「あ、ウィルク。鍛錬は終わったんですか？」

ラファが収穫していた横で剣の稽古《けいこ》をしていたはずだ。

「ああ。何をしているんだ？」

「待って、駄目です。これを煮詰めるから先に食堂へ行って下さい」

ラファに近付いてこようとするウィルクをラファは止めた。

「……思うんだが。毎朝中庭で魔法をかけて育てるのは面倒じゃないか？　天気の悪い日もあるし」

「まあ、そうですけど。できるだけ新鮮なものを食べたいじゃないですか」

「これならどうだ」

ウィルクはラファがへたを取った野苺に触れた。

「あっ」

野苺は一瞬で凍りつく。

「こうしておいて貯蔵室に雪と一緒に置いておけば、夏まででも保つ」

「ウィルク」

ラファは驚きに目を見開いてウィルクを見た。ウィルクはラファの心情をわかっているとばかりに頷く。

「何かを凍らせるたびにこの呪いを疎ましく思っていたが、今は以前よりもこの呪いが気にならないんだ。役に立つなら使ってもいいと思えるくらいにはなった。これもラファのおかげだな」

目頭が熱くなって、ラファはウィルクに抱き付いた。ウィルクの大きな手を自分の手で包み、口付けを落とす。

「俺はこの手が大好きです」

「そうか」

「はい」

「私はラファのどこもかしこも愛しているがな」

「なんで対抗してくるんですか。俺だって別に手だけじゃないですよ」

「知っている」

ラファが睨み上げると、これ以上ないくらいの優しい笑顔で返されて、それ以上何も言えなくなった。

＊＊＊

ラファが城にやってきてから四ヶ月近くが経過した。

「ウィルク、待、待って」

ラファのはだけた胸元から手を差し入れ、ウィルクの濃青の目が愉《たの》しげに細められる。

昼下がりの図書室。いつものようにお茶を飲んで二人で話をしていたはずだ。今日は交易路の害獣被害を魔法でどうするかという話をしていたのだが、気が付いたら長椅子に押し倒されていた。

「本当に嫌なら、これを外して証明してみせてくれ」

ウィルクはラファの胸元に提げられた冬の秘宝を指差してそんなことを言う。

「あっ。最近、そればっかり」

ラファはウィルクを睨み上げた。指先で摘まみ上げられた胸の突起は、この二ヶ月、毎日のように弄られているせいで少し大きくなったような気がする。そして、気のせいではなく、刺激に敏感になった。

「たまには恋人がどれだけ喜んでくれているか知りたいだろう？　ラファも男なのだから、この男心がわからないか？」

「し、知らない！　んっ」

ラファは突っぱねたが、耳の下に吸い付かれて、声を詰める。

ウィルクの愛撫は気持ちいい。この二ヶ月ですっかりラファのいいところは全部知られてしまっている。知られた、というか、開発された、というか。

「ラファ。駄目か？」

「っ、だ、駄目だっ」

本当は外してもいいのだが、最近箍《たが》が外れ過ぎている気がする。最初に抱き合った後しばらくは、毎晩、どころか、日に何度も愛し合うこともあったが、次第に落ち着いて、昼間はじゃれるくらいになった。それが、最近、また触れ合う機会が増えてきた。冬の秘宝を外して愛し合いたいと毎回のごとく言われるようになってきた。

「そうか」

ウィルクは残念そうにしたが引いてくれた。

「……ちょっとだけなら、いいですけど」

「是非とも」

ラファが少し罪悪感を覚えて条件付きで撤回すると、ウィルクは嬉しそうにラファに口付けてきた。そのまま愛撫は再開される。

「あっ」

ちょっとだけだというのに冬の秘宝はすぐに奪い取られてしまった。取り戻そうとして手を伸ばしたのに胸に吸い付かれて、震えてしまう。

「あっ」

一瞬で花弁が降ってきた。

「酷い。ちょっとって言ったのに」

「すまない。許してくれ」

謝りながらも愛撫はやまない。

「ん、そこ、あ……っ」

花弁が本の隙間に入り込むから、図書室での後始末は大変なのに。そんなことを考えて気が逸れたのを花弁が降りやんだことで察知されたのか、雄を口の中に含まれた。

「あっ、それはっ、ああっ」

最近されるようになった口淫にラファは弱い。ウィルクの大きな口に呑み込まれ、絡み付いた舌にぬるぬると扱かれ、後ろを弄られると、すぐに気をやってしまう。

「それされたらっ！　ウィルク、あっ、いっちゃう……っ」

ラファは身を激しく震わせて射精した。迸《ほとばし》りと時を同じくしてばらばらと花弁が降ってくる。

余韻に震えるラファのものをごくりと飲み干したらしいウィルクが顔を上げ、ラファの両脚を抱え上げる。

「ん、嘘。もうちょっと待って」

ラファの懇願は聞き入れられなかった。

「ああっ」

ずぶずぶと奥深くまでウィルクが入ってくる。

「あっ、あっ、あっ」

「気持ちよさそうだな」

揺さぶられるたびに花弁の量が増える。ウィルクは満足そうにしている。それが悔しい。

「掃除……」

「うん？」

「あなたが責任持って掃除して下さいよ！」

ラファは快感に咽《むせ》びながら息も絶え絶えに告げた。

繋がっているウィルクが細かく震えて、笑った気配がする。

「もちろん、責任を持つ。だからラファ、もっと私を感じてくれ」

深く口付けられ、互いに貪るように交わり合う。

再び抱き合う回数が増えてきた理由にも、ウィルクが冬の秘宝を外して欲しいと望む理由にも、ラファは気付いている。

冬の終わりが、近付いてきているのだ。

「んっ、ウィルク。愛してる」

愛していると、やっと照れずに言えるようになった。両手を握り合い、もっともっと深く繋がる。

「大丈夫。春は怖くない」

ラファの生まれた、喜びの季節なのだから。

＊＊＊

今年の冬は来るのも早かったが去るのも早い。

「もう屋根はいらないな」

滞在から四ヶ月が過ぎた頃、ラファは中庭の見えない屋根を外した。陽差しは暖かく、雪も滅多に降らなくなった。城砦の周辺の雪もゆっくりと融け出している。

「冬の秘宝がラファの手元にあるからだな」

図書室から出てきたウィルクが言う。それはラファも感じていた。冬の秘宝から漏れ出した冬の気によって周辺の冬は厳しいものになっていた。だが、魔法使いであるラファが身に着けることによって、魔力で蓋をして、冬の気を漏れ出さないようにできている。

「狼野郎が来る！」

中庭で花を啄んでいたリリがピッと囀って庇の上に避難するとすぐに中庭にルースが現れた。リリは結局ルースとは和解しなかった。ルースの方はリリを特に嫌いでもないようだが。

ルースはリリを一度見上げると、尻尾を振ってウィルクの足元にやってくる。

「ウィルク様、ラファ様、魔法の力を帯びた鷹《たか》が城の近くまで来ています」

ルースは冬の秘宝の守護者で、秘宝の持ち主を主人とするらしい。今は所有者があやふやな状態になっているため、ひとまずはウィルクとラファの二人を主人として扱ってくれている。

「魔法の力を帯びた鷹？」

ウィルクが訝しげに繰り返す。

「それ、俺への使いかも」

ラファには心当たりがあった。

すぐにウィルクとともに城門に移動すると、城門の上で件《くだん》の鷹が旋回していた。

「レガレノの森からの使いか？」

「ええ。あれは姉さんの魔法のかかった鷹です」

姉は風の精霊の加護を受けている。飼い慣らした鳥に魔法をかけて、伝言を送ることもできる。あの鷹は賢くて遠くまで行けるのだと姉が自慢していた。

「ルース」

ウィルクが声をかけると、一緒に出てきたルースがやれやれといった様子で門扉を開く紐を引く。

「魔法の力の働くものは、城門からしか入られないようになっているんだ」

「じゃあ俺がこの城に入られたのは本当に運がよかったんですね」

キシゼがちょうど帰るときに来ていなければ、ラファは城に入れてもらえなかっただろうし、ウィルクにも出会えなかった。今更ながら運命めいたものを感じてしまう。

吊り門扉が三分の一ほど開いたところで、鷹が中に滑り込んできた。ラファは腕を差し出す。一度上空に飛び上がった鷹はばさばさと翼をはためかせて降りてきて、ラファの腕に掴まった。

『ラファ！』

鷹が口を開くと、女性の甲高い声が響いた。

「姉さん、聞こえています」

この魔法は一方通行なのだが、つい口にしてしまった。

『あなた、無事なの？　無事なら連絡をして！　早く帰ってきて！』

どうやら怒りながら泣いているようだ。ラファはとても申し訳ない気持ちになった。

「ウィルク、家族にあなたといることを伝えて大丈夫ですか？」

「構わない」

ウィルクが応じてくれたので、ラファは鷹に魔法の伝言を頼む。

「俺は無事だから心配しないで。城砦の主人である北の国の第一王子殿下によくしてもらっています。……もう少ししたら帰ります」

鷹は門を潜って村へとまっすぐに向かっていった。

「すぐに帰らなくていいのか？」

ウィルクが手を握って聞いてくる。

「まだ山道には雪が残っているから」

これくらいの雪なら魔法を使えば下山できるだろう。リリに尋ねたら、今ならこの城砦から飛び立てると答えてくれるかもしれない。

「なんて。本当は俺が離れがたいんです」

ウィルクならきっとお見通しだ。そう思ってラファは正直に告げた。ウィルクは一瞬目を瞠って、そうかと頷いてくれた。

鷹を村に戻して三日後のことだった。

「ウィルク様、ラファ様。客がこちらに向かってきています」

再びルースがやってきて来客を告げてきた。客という言葉に、ウィルクの眉間に皺が寄った。

「キシゼ大臣か」

「はい。それとウィルク様の弟君が」

「セイリスが？」

ウィルクは驚いたようだ。

「いかがされますか？　追い返しますか？」

「いや、会う」

「わかりました」

ルースは返事をして中庭から出ていった。

「ラファ、どうやら弟が来るらしい」

ウィルクの境遇に心を砕いてくれているという弟だ。

「よかったですね」

「よかった……。そうか、そうだな。以前なら危ないから来るなと言って追い返しただろう。まさかこんな穏やかな気持ちで弟を迎え入れられる日が来るとは」

ウィルクが嬉しそうにしたのでラファも嬉しくなる。

「君も同席してくれないか？」

「俺がですか？」

「ああ。弟にも君を紹介したい。君がいるから私は大丈夫だと言いたいんだ」

「わかりました」

ウィルクは自分の決意の話をするつもりなのだろう。そんな大事なときに傍にいて欲しいと言われて嬉しくならないわけがない。

呼び出しの魔法が城砦中に響き渡る。

ルースが城門からぶら下がる紐を引くと、門扉が上がり始めた。

「やあやあ、ウィルク殿下。四ヶ月ぶりですな」

改めて見ると、城の外はもう春と言っても過言ではない。

先頭にいたのはラファが城に来た日にも見た中年の男だった。キシゼ大臣といって、国の偉い人らしい。背後に騎馬と荷馬車が並んでいる。

「キシゼ、ご苦労だったな」

「兄上」

ウィルクがキシゼと挨拶を交わすと、優美な馬が前に出てきた。二十歳前後の青年が跨《また》がっている。

「セイリス」

ている。
ウィルクとは趣の違う華やかな美形だ。ウィルクが語ってくれた通り優しそうな顔立ちをし
セイリス王子は優雅な仕草で馬から下りる。
「ご無沙汰しております」

「十年ぶりか。見違えたな」

「兄上こそお元気そうで何よりです」

兄弟の十年ぶりの再会だ。本来ならここで握手や抱擁でも交わすところだろうが、ウィルクにはそれができない。

「中に入ってくれ。春とはいえまだ寒いだろう？　温かい飲み物でも出そう」

積もる話もあるとウィルクは弟を促したが、セイリスはその場を動かなかった。

「セイリス？」

「兄上、お話があります」

「中で話そう」

「いいえ、ここで結構です」

セイリスは頑なだった。ウィルクもわかったと応じる。

せっかく、セイリスを迎えるために急いで応接室を整えたのにと、ラファは少し残念な気持ちになった。

「そちらの方は？」

セイリス達と一緒にやってきた侍従達は、急いで立ち去りたいのか、荷馬車の荷物を慌ただしく運んでいく。それを横目に見ながら、セイリスが問うてきた。

「これはラファだ。春の魔法使い。冬が来る直前にこの城砦に迷い込んできて、それ以来この城に滞在している」

ラファはセイリスに対して礼をとる。

「ラファと申します」

魔法使いは王侯貴族の臣民ではない。相手を敬っても、へりくだってはいけない。いつか父に言われたことを思い出し、ラファは背筋を伸ばして挨拶する。

「春の魔法使い？　まさか兄上の呪いが解けたのですか？」

セイリスはラファをじろりと見てくる。

「いいや。私の呪いは変わらずこの身にある。しかし、春の魔法使いだけは特別なようなんだ」

ウィルクが微笑み、ラファに手を差し伸べてくる。ラファは少し緊張しながらウィルクの手に自分の手を乗せた。

「なんて素晴らしい」

セイリスは手を叩いて喜ぶ。

「兄上、その者に身の回りの世話をさせれば、王都でも生活できるのではないのですか？」

「セイリス、ラファは従者ではない。それに私は……」

ウィルクが窘めたが、セイリスは気にならないようだ。

「兄上。どうか一度王都にお戻り下さい。実は父上の具合がよくないのです」

「父上の？」

「ええ。父上は病床で兄上を呼んでおられます」

「私は……」

ラファの手がウィルクに握り込まれる。父親を心配する気持ちが流れ込んできた気がした。

「ウィルク。一度戻ってみてはどうでしょう？　俺も一緒に行きますから」

「ラファ、それは」

ウィルクが驚いた顔でラファを見てくる。

「大丈夫。俺がずっと傍にいますから」

「これは心強い。兄上が不逞《ふてい》の輩に命を狙われていることも重々承知です。でも兄上の身は冬の秘宝とその狼が守ってくれる。身の守りがあり、手助けしてくれる者がいればどこにいらしても問題ありますまい」

セイリスは冬の秘宝のことを知っているのか。ラファは思わず自分の胸に手を当てた。冬の秘宝は今ラファのもとにある。

「それとも、冬の秘宝はどうかしましたか？　今年は春が早い。そのために何かあったのかといてもたってもおられず、私もこちらに来たのですが」

「いいや。冬の秘宝も変わらずだ。ただ、ラファに託している。魔法使いが持てば漏れ出る冬の気が抑えられるからな」

ウィルクはラファに冬の秘宝を贈ったとは言わなかった。まだ王位継承権を正式に放棄したわけではないから当然の判断だろう。

「その魔法使いに冬の秘宝を？　ずいぶん信用されているのですね」

セイリスは手を広げて大袈裟に驚く。

「ああ。ラファは才能ある魔法使いで、心根も素晴らしい。一生付き合って欲しいと思っている」

恋人だと明言はしなかったが、ほとんどそう言っているようなものだ。セイリスが探るようにラファを見てくる。知られてしまっただろうか。

「それなら冬の秘宝から冬の気が漏れ出して周囲に問題が起きることもない。その者と冬の秘宝と一緒に、是非とも都へお戻りを。父上に顔を見せて下さい」

再びセイリスに促され、ウィルクは悩んでいるようだ。

ラファはウィルクに密かに声をかける。

「今後どうされるかは、お父上と話されてからでも遅くはないと思います」

ラファの言葉に、ウィルクは小さく息を吐き出した。

「そうだな。ありがとう、ラファ」

ラファに礼を言ったウィルクがセイリスへ向く。

「セイリス、どちらにしても準備が必要だ。このままお前に付いていくわけにもいかないだろう。少し考える時間をくれ」

「もちろんです、兄上。王都にてお待ちしております」

ちょうど荷物も運び込み終わったようだ。

セイリスは一行とともに城砦を出ていった。

「お父上のもとに行きましょう」

城門が閉ざされ、ラファはウィルクに向き合って告げた。

「しかし……」

ウィルクは自分の手を見る。以前よりも厭わしくなくなったとはいえ、他人の命を奪ってしまったらと思うとやはり恐ろしいのだろう。

「大丈夫です。俺がいます」

ラファはもう数えきれないくらいそうしたようにウィルクの手を握る。右と左の両方の手に口付けてから笑いかける。

ウィルクが苦笑した。

「……私の魔法使いは頼もしいな」

「ええ。いくらでも頼って下さい」

二日が経った。

ウィルクはまだ結論を出せずにいるようだ。もし誰かに触れてしまったら。そんなことを考えているのだろう。ラファはきっと大丈夫だからと、勇気付けることしかできない自分がもどかしい。

「ラファ！　また使いが来たよ」

リリが飛んできて、ラファの肩に降りてくる。

「また？」

ラファはウィルクとともに城門の前に向かう。上を見遣ると、先日も同じように飛んでいた
鷹が再び城砦の手前の上空で旋回していた。

「今度は何の用だろう」

「ルース」

ウィルクが声をかけると、ルースが門扉を開く紐を引いてくれる。

『ラファ！』

ラファの腕に止まった鷹が口を開くと、女性の甲高い声が響いた。今回ラファはその声が響

く前に耳を塞いでおいたので被害に遭わずに済んだ。

『あなた、どれだけ皆に心配をかけているると思っているの！　もう少ししたら帰るなんてふざけるんじゃないわよ！　さっさと帰ってきなさい！　すぐに帰ってこないと、こちらから押しかけるから！』

前回は泣き声交じりだったのに、今回は完全に怒りのみのようだ。

「押しかけるって……」

ラファは唸った。正直、姉ならやり兼ねない。

『それから、父さんから伝言よ』

鷹は一旦口を閉ざした。どうやら焦らしているらしい。

『あなたがお世話になっているという北の国の王子様。父さんならその呪いを解けるのですって』

ラファはウィルクと顔を見合わせる。

「どうして、父さんがウィルクの呪いのことを？」

だが、一方通行の会話しかできない鷹は答えられない。

『これ以上は直接会ってからですって。わかったらさっさと帰ってきなさい』

それきり鷹は無言になった。

どうして父がウィルクの呪いのことを知っているのか。あまつさえ解呪《かいじゅ》できるというのか。

疑問は後から後から湧いてくるが、情報が足りな過ぎる。

「ウィルク」

ラファの呼びかけに考え事をしていたらしいウィルクがラファを見詰め返してくる。複雑そうな表情をしている。無理もない。突然、解けないはずの呪いが解けるかもしれないと言われたのだから。

ラファは大丈夫だからという気持ちを込めてウィルクの手を握った。ウィルクが力なく微笑み返してくれる。

森へ戻り、ウィルクの呪いの解き方を教えてもらって、戻ってくる。

それだけのことだ。それなのになんだかとても悪い予感がする。

「ウィルク。森に戻って、父を連れて帰ってきます。リリに頼めば、二日あれば……」

「リリはラファしか乗せないからね！」

リリが口を出してくる。

「どうしても？」

「どうしても！　第一、リリの力じゃ二人乗せるのは無理だから！」

リリが駄目なら、徒歩か馬しかない。いや、その前に父は来てくれるだろうか。族長は村の守りの要だからと、この十年は外に出ようとしていない。

「私が村に行こう」

「ウィルクが？」

ラファは目を瞬かせる。

「この手に革と綿を何重にも巻けば、他人に直接触れずに済む。両手が使えなくなるがな。その分は君に手助けしてもらえばなんとか。後はなるべく人の多い町を避ければ大丈夫だ」

「でも」

「王都に帰るなら自分が付いている大丈夫と言ってくれたのはラファだろう？」

それなのに森は駄目だなんておかしなことをとウィルクは笑う。

「まず南に下ってレガレノの森に行き、呪いを解いてもらって、そのまま王都に向かう。完璧な計画だと思わないか？」

笑顔の中に、ウィルクの決意が見てとれた。

「ラファのおかげで私は強くなれた」

「……わかりました。一緒に行きましょう」

ラファは鷹に徒歩で帰るからと魔法で伝言を頼んで放した。鷹はまっすぐ南へと戻っていった。

＊＊＊

「痛くないですか？」

ラファはウィルクの手を覆う革と綿を外して、湯桶の中に浸してやる。きつく巻いているせいで血の巡りが悪いようだ。

「少し蒸すくらいだな。麓は暖かい」

無理をしているのがわかったが、ラファは頷いて湯の中のウィルクの手を揉み解す。

「ああ、気持ちいいな」

ほっとした声に、ラファもほっとする。冬の秘宝がなければきっと花弁が散ったに違いない。出発から丸一日。北の山の麓の村から旧街道を南に向かって進み、予定通り小さな村に辿り着いた。ウィルクがこの一帯の地図や情勢を把握しているので、旅程に不安はない。

「この手、変な目で見られていたな」

ウィルクが苦笑する。通りすがる人にウィルクの両手をちらちらと見られた。無理もない。革と綿で何重にも巻かれていて、動かせもしなさそうな両手は悪目立ちする。宿屋の主人には、骨を折っていて固定しているのだと説明したら気の毒がられた。

「でもこの手よりもあなたの顔の方が注目されていました。通りすがる女性全員があなたに見《み》惚《ほ》れてた気がする」

ラファは口を尖らせる。

「いいや、ラファの方が見られていたぞ。女性だけではなく男性にも」

「いいえ、あなたの方が見られていました」

「ねえ、うるさいよ。痴話喧嘩なら外でして」

言い合いをしていると、リリがチチッと鳴いて文句を言う。

「ごめん」

リリは一人でも森に帰られるのだろうが、律儀にラファに付いてきてくれたのだ。ルースも付いてきてくれているが、狼の姿は目立つからと人目に触れないように街道の脇を歩いてくれている。今も村の外で辺りを警戒してくれているはずだ。

ウィルクの手を揉み解した後は濡らした布で身体を拭いて、二人で寝台に横になった。一応、二人部屋を取ったのだが、別々に寝るとはどちらも考えなかった。空いた方の寝台は、リリが贅沢《ぜいたく》に使っている。

窓から月明かりが差し込んでいるが、互いの顔の輪郭がわかる程度だ。

ラファはウィルクの手を握った。

「こうして俺の手を握っていれば、他には何も触らなくて済みますよ」

暗がりの中でウィルクが笑った気配がした。

「ラファは本当に得がたい恋人だ」

「俺もこんなに好きになれる人ができるなんて思いもしませんでした」

ラファはウィルクの胸に顔を寄せ、ウィルクの森のような匂いを嗅《か》ぎながら眠りに就いた。

十三日目。前日から森林地帯を進んでいた二人はレガレノの森の手前まで到着した。予定より一日早い。順調な道のりだ。

目の前の渓谷を渡ればレガレノの森だ。出てきたときは秋の終わりだったが、すっかり春めいている。新緑の色が鮮やかで、空気が穏やかだ。春の気に満ち満ちている。

ラファは感慨深くなる。

この渓谷を渡り、外に出たいと思っていた。今はその渓谷を外側から眺めている。

森は渓谷で断絶されているが、その周辺に人は住んでいない。妖精の棲むレガレノの森とその周辺を畏《おそ》れているのだ。森には悪戯好きの妖精もいて、森に入った人間を惑わせる。魔法使いはそれが妖精の仕業とわかるので、惑わされることはない。

「ラファ、僕はもういいよね。先に戻ってるから！」

リリが森を目の前にして我慢できなくなったのか、渓谷を飛び越えていく。

「ずいぶん、付き合わせちゃったなあ。後でお礼をしないと」

リリの白と薄赤の翼がレガレノの森に消えていくのを眺めて、ラファはウィルクを振り向いた。

「渓谷を渡ってもさらに一日は歩くんです。今日はこの辺りで野宿にしましょう」

渓谷の近くに野宿に適した洞窟があると聞いたことがあった。記憶を頼りに探すと、洞窟はすぐに見付かった。

乾いた枯れ葉を敷き詰めた上に持ってきた毛布を敷く。集めた枯れ枝で焚き火を起こし、湯を沸かす。

「こんなこともできるのか」

手慣れたラファにウィルクは感心したようだ。

「森の奥に狩りや採集にも行きますから。ときには泊まりがけで」

「狩りをするのか？」

「ええ。弓は割と得意ですよ」

「そうか。ではいつか弓の腕を比べてみよう」

「剣は敵わないと思いますが、弓なら負けませんから」

ラファが競争心を擽られて応じると、ウィルクも、私こそ負けないと張り合う。

簡易の食事を終え、焚き火の前で肩を寄せ合う。野宿の準備をしている間はルースが近くにいたが、食事を終えた頃、周辺を見て回ると闇の中に消えていった。

「明日、この呪いを解く方法がわかるのか」

ウィルクがぽつりと零した。

明日には村に到着する。ウィルクの呪いが解ける。

二人思い思いに感慨に浸り、さあ寝ようかというときだった。

「あ」

焚き火に引かれて現れたのか、洞窟の中を蛾《が》が飛んでいた。その蛾が、もう後は眠るだけだからと、素肌を晒していたウィルクの手に触れた。蛾は一瞬で凍りつき、焚き火の中に落ちていった。じゅうと、氷が融けて蒸発する音がする。

「ウィルク」

ラファはとっさにウィルクの両手を握っていた。

「すみません」

虫除けの風の結界は張っていたのだが、張る前から中にいたのだろう。

「何故ラファが謝る？　油断していた私が悪い」

ウィルクの胸に抱き寄せられる。ラファは頭を振った。

「ずっとこうして握っていたらよかったんです」

「それは魅力的な提案だな」

ウィルクが笑う。

「ラファ」

口付けを受けて一度離れる。濃青の瞳に焚き火の明かりがゆらゆらと映っている。綺麗だと思った。

「んっ」

引き寄せられるまま、ウィルクの膝の上に向かい合う格好で腰を下ろした。ウィルクの右手がラファの手から離れてズボンの裾から潜り込み、臀部《でんぶ》を弄る。

「いいか？」

ラファは頷いて応じた。旅の間はリリもいたし、二人の目立つ容姿を隠すために途中から目くらましの魔法を使い続けてラファの疲れが酷かったので、最後まで抱き合うのはやめておいたのだ。今日は人気のない森を進んでいたので魔法も使っていない。

「あ……」

衣服を少しずつ脱がされ、ウィルクの指がラファの中に潜り込んでくる。旅に出て以来、使っていないそこは固く閉ざしていた。

「ラファ、すまない。香油を持ってこなかった」

ウィルクが困ったように言ってそこから手を離す。ラファはその手を自分の口元に運んだ。力強い指を一本、ぱくりと咥えて口の中で指を舐めて唾液を絡める。舐めているのは指のはずなのに、ちゅぷちゅぷという水音のせいか妙にいやらしい気分になってしまうのはどうしてなのだろう。

「これで、できます？」

唾液をたっぷりまぶし、口を離して問いかけると、ウィルクが苦笑していた。

「駄目、ですか？」

「まさか。ラファが積極的なので驚いただけだ。いつも私が求めるばかりだったからな」

「お、俺だって、ウィルクとこういうこと、したいと思ってますよ。ただ、あなたの方がすぐ触ってくれるから、俺から求める機会がなかっただけです」

「そうだったのか？」

「そうです」

「……では、ラファから求めて欲しいときは、私が我慢したらいいんだな」

「べ、別に、我慢しなくても……」

「しなくても？」

「っ、もう、早くして下さい」

ウィルクは楽しげに笑って、濡れた指先で先ほど触れていた場所に触れてくる。ゆっくり爪先を押し込まれる。

「初めてのときよりは柔らかくて、ああ、すぐ入っていくな」

「んっ、そういうの、言わないでっ」

「私達が冬の間愛し合った成果じゃないか」

「あっ」

指がぐっと奥まで潜り込んでくる。最初のときは長い時間をかけて慣らされて、指一本でも異物感が酷かったが、今はそんなものはなく、ただ快楽の期待に胸が高鳴っている。

指はすぐ二本、三本と増やされ、ラファの身体の熱は上がっていく一方だ。

「腰を上げてくれ」

ウィルクに促されて、ラファは腰を上げた。ぬぷりと抜けていった指の代わりにまっすぐ上を向くウィルクのものが押し当てられる。

「そのまま、腰を下ろせるか？」

「えっ」

ラファは目を瞬いた。焚き火の揺れる明かりに照らされたウィルクは優しい顔をしている。

腰を下ろせとは、自分から挿れるということか。

「やはりいい」

仕方ないといった様子で腰にかかってきた手をラファは捕まえた。両手を握り合い、ウィルクの手を封じて、ゆっくりと腰を落とす。先端が中に潜り込んでこようとする。だが、なかなか入ってこない。

「んんっ」

なんだか悔しい。ラファは先端を自分の綻びかけた場所に当てたままゆるりと腰を回してみた。

「あっ」

じんと甘い痺れが走る。それだけで心地よい。身体の力が抜けたのがわかった。

「んーっ」

ラファは身体の力を抜いたまま、ゆっくり腰を下ろした。ずぶりとウィルクの太い部分が入ったのがわかった。

「ああっ……」

後は自重で落ちるだけだった。

「すごく深いところまで、あなたが入っている……」

ラファは息を弾ませ、中の熱いものに感じ入る。

「気持ちいいな。久しぶりで、このままでも極めてしまいそうだ」

「嫌だ、動いて」

このままでも確かに気持ちいい。でももっと気持ちいい行為があることを今は知っている。

「俺、おかしくなったのかも」

自身が口に出した欲求に、ラファは唐突に恐れを感じた。

「魔法使いって、性欲が薄いはずなのに。あなたとの行為は気持ちよくて、何度でもしたくなる。あなたので中をいっぱい擦って欲しくてたまらない」

「ラファ」

ごくりとウィルクの喉が鳴った。

「ひあっ！」

深い位置から、いきなりずんっと突き上げられる。ラファは嬌声を上げて、ウィルクの首に縋り付いた。

「あんまり可愛いことを言うな。もうやめられないぞ」

「んっ、やめないで。いっぱいして」

「っ」

ウィルクは獣のようにぐうぅっと唸って激しく突き上げ始めた。ウィルクの動きに合わせてラファの腰も勝手に動いてしまう。

「あ、あん、あっあっ、ああんっ」

春の夜空の下、ラファは間断なく声を上げながら愛する人と繋がっていた。

決して互いから離れないようにしっかり抱き締め合って。


渓谷の手前に立つ木の根元を探ると、目当てのものが見付かった。

指先で緑の精霊に合図を送ると、するすると蔦が伸び、渓谷に緑の橋が架かった。

「さすが魔法使いの森だな」

「そうですか？　俺にとってはあの城の方がすごかったです」

「そんなものなのか」

「はい。さあ、行きましょう」

ラファはウィルクの腕を自分の腰に回させる。ウィルクは手が使えないからだ。

「……私が行っていいのか？　魔法使いにしか入らせないためにこんな仕組みになっているんだろう？」

「ウィルクは信用できます。それに、姉さんの鷹に伝言を頼んだんだから、連れていって駄目ならとっくに知らせが来ていますよ」

二人で揺れる蔦の橋を一歩一歩進む。

「恋人に支えてもらわないといけないのは、男として情けなくもあり、嬉しくもあるな」

「帰りは一人で歩けますよ」

「それは呪いを解かないべきか悩むな」

真剣な声で言われてラファは笑う。

「悩まないで下さい」

解けるのに解かない必要などあるものか。呪いが解ければウィルクは自由だ。ラファ以外の誰にでも触れるし、王位も継げる。王位継承権を放棄する理由はなくなるのだ。呪いを解いた後は王都に赴いて、病気の父親から王位を譲られるのだろう。もうあの城には戻らない。

ラファの胸がちくんと痛む。

気付かないようにしているが、本当はわかっている。

一国の王の恋人が男だなんてあり得ない。たとえ、恋人として許されたとしても、妃を娶《めと》り、子をなす義務が生まれる。自分達の関係はどうなってしまうのか。

「ラファ？」

蔦の橋を渡りきる直前、ラファは足を止めてしまった。ウィルクがどうしたのだと心配そうに声をかけてくる。

「何でもありません。行きましょう」

どうなろうと、ウィルクのことを諦めるつもりはない。それに今考えるべきは、ウィルクの呪いを解くことだけだ。

足元に絡み付いてくる不安に蓋をして、ラファは蔦の橋を渡りきった。

ラファの生まれ育った、レガレノの森だ。

渓谷を渡ってからさらにほぼ一日。

太陽が落ちる前にラファとウィルクは無事に村に到着した。

「立派な樹木だな」

村の手前で行く先に聳える大樹を見上げてウィルクが感嘆の声を漏らす。

「あれは中が空洞で、集会所になっているんですよ」

ラファが説明するとウィルクは目を瞬いた。

「それはすごいな。それにとても穏やかで美しい村だ。こんな村で生まれ過ごしたからラファはこんなにも健やかに育ったのだな」

村のことを褒められると嬉しくてラファは笑顔で頷いてしまう。

「ラファ！」

真っ先に出迎えてくれたのは姉のティナだった。まるきり男の格好をしたティナは村の入り口にラファ達が現れると、村の中から猛速度で駆けてきて、ラファに抱き付いてきた。

ぎゅっと抱き締められて、姉の心配が伝わってくる。

「姉さん、すみません。心配をかけました」

「本当。この馬鹿弟！」

がばっと身体を離し、ティナはラファを睨み付けた。

「せめて説明してから出ていきなさいよね」

「それだと反対されるじゃないですか」

「当たり前よ！」

ティナはラファより背が低いが、ラファの頭にごつんと拳骨《げんこつ》を落とした。

「姉さん、痛いです」

「ふん！　自業自得じゃない」

「ふっ。仲がいいんだな」

ウィルクの声にティナがはっとした顔をする。ティナはやっとまともにウィルクの顔を見たようだ。ティナの頬が赤く染まる。

「私はウィルクと申します。失礼ながら握手はできないのですが」

「あ、え、ええ。聞いているわ。北の国の王子様ね。私はラファの姉のティナ」

気のせいでなくティナの声がラファに対するときより高いし、明らかにウィルクの顔に見惚れている。姉のこんな姿は初めて見た。ラファは思わずウィルクの腕を掴んでいた。

「ラファ？　どうした？」

気付いたウィルクがティナから目線を外し、ラファを見詰めてくる。

普段通りのウィルクだ。濃青の瞳にティナには見せなかった甘い色が宿っている。

ウィルクは滅多にお目にかかれないような美丈夫だ。男勝りのティナまで虜《とりこ》にしてしまうくらいの。この村でだって油断できない。いいや、呪いに詳しい魔法使いだからこそ、普通の人間よりウィルクのことを理解できてしまうから、必要以上に恐れたりしないのか。ラファはなんだかもやもやしてきた。

「姉さん。この人、俺の恋人だから」

ラファははっきりと宣言した。ティナが見る間に驚いた顔になって、ラファとウィルクを交互に見遣る。鷹の伝言でもそこまでは知らせていなかったから、さぞかし驚いただろう。

「え、だって、あなた。えっ？」

魔法使い同士ではないうえに、男同士だ。村の普通からは外れている。でもラファには隠すつもりはない。

「父さんは集会所かな？　とりあえず先に父さんと話すから」

ラファはウィルクの腕を引っ張って集会所に向かった。

「言ってよかったのか？」

「もちろんです」

集会所の前では兄が待ち構えていた。

「ラファ。やっと帰ってきたか。この家族不孝者め」

「すみません、兄さん」

「謝罪は後だ。そちらがウィルク殿かな？　私はラファの兄のシイノだ」

「ウィルクです」

ティナと違ってシイノとの挨拶は一瞬で終わった。

「どうぞ中へ。族長がお待ちです」

シイノが集会所の扉を開けてラファとウィルクを促す。

集会所の中には、イルトが一人佇んでいた。沈みかけた赤い陽が差し込んでいる。

「ラファ、帰ってきたか」

「父さん。ウィルクの呪いが解けるって本当ですかっ！」

父の顔を見た途端、ラファは我慢できなくなって挨拶もしないうちに問い詰めていた。

「ラファ、無事でよかった」

「あ……。ご心配をおかけしました」

「まったく。まあ、その話は後だ。お前は出ていきなさい。ウィルク殿と話がある」

イルトはラファの無事を確かめると、ラファに席を外すように命じた。

「どうして？」

「ウィルク殿と大切な話があるからだ」

「呪いのことですよね？」

「それもある」

「それも？　呪い以外の何があるんですか？」

「それは言えない」

「納得できません。だって俺は……」

ウィルクの呪いのことが気になるから。心配だから。ここまで連れてきた責任があるから。

沢山の理由の中から、ラファはこれを言うべきだというものを見付ける。

「俺は、ウィルクの恋人だから」

姉はともかく父にこんな形で知られるのは気が引けるが、いつかは言わなければいけない事実だ。

イルトは酷く驚いたようだ。

「恋人とはどういうことだ。ウィルク殿は魔法使いでもないし、女性でもない」

「知っています。それでも好きになったんです。父さんに反対されても、別れませんから」

「ラファ」

ウィルクがラファに手を伸ばしてくる。手は相変わらず使えないので、腕を背中に回されて引き寄せられた。

「ありがとう。君の気持ちがとても嬉しい」

囁かれた声が弾んでいて、ラファも嬉しくなる。

「ラファ。お前、もしかして冬の秘宝を持っているのか？」

「ええ。冬の秘宝のことも知っているんですか？」

ラファが喜んでいるのに花を降らせていないことに気付いたのだろう。イルトはウィルクの呪いについてだけではなく、冬の秘宝のことも知っていたのか。

「ラファ。私も君のお父上と二人で話したいことがある」

ウィルクまでイルトと同じことを言い出す。

ラファの知らない何かがあるのは間違いない。気になるし、心配でたまらない。

「……後からちゃんと説明してくれます？」

我《わ》が儘《まま》な気持ちを抑え込んでラファは聞いた。

「もちろん」

そう言われたら引き下がるしかない。

「父さん、ウィルクに酷いことをしたり、言ったりしないで下さいね」

ラファは父に釘《くぎ》を刺したが、答えはもらえなかった。レガレノの森の魔法使いである以上、ウィルクを害するようなことはないだろうが。

「ウィルク。森の中に泉があるんです。俺のお気に入りの場所なんです。そこで待っていますから」

ラファは道案内の代わりにウィルクの傍らに光を灯す。光がラファのもとに案内してくれる。

「わかった。ルースも一緒に連れていってくれ」

「わかりました。では後で」

ラファは不安を隠し、ルースを伴ってウィルクと別れた。


自分の周囲でふよふよ浮かぶ光がラファのようで可愛いとウィルクは思う。

大樹の洞の中に作られた集会所は、まるでおとぎ話の世界のようだ。住人達も素直で家族思いだ。まだ来たばかりだが、とても居心地がいい。

「さて、ウィルク殿」

ラファの父親で族長のイルトに呼びかけられ、ウィルクは頷く。

「久しいな、魔法使い殿。あなたが私の呪いは解けないのだと診断してくれて以来か」

イルトの表情が曇った。顔はラファとはあまり似ていないが、明るい緑の瞳だけは同じ色だ。

十年前、ウィルクの呪いを解くために、高名な魔法使いが何人も招聘された。イルトはそのうちの一人だ。どの魔法使いからもこの呪いは解けないと言われ続け、最後にやってきたのがイルトだった。レガレノの森で族長を務める魔法使いだと聞いて、もしかしたらと誰もが思った。

『この呪いは絶対に解けない。第一王子は生涯この呪いとともにあるだろう』

その言葉こそ、呪いのように聞こえた。絶望したウィルクは北の城砦に赴くことを決めた。

「それが解けるとは、一体どのような仕掛けなのだ」

ウィルクの言葉に、イルトはその場に膝をついた。

「申し訳ございません」

「どちらが偽りだ？」

十年前の解けないという診断か。それとも、ティナの鷹を通じて自分なら解けると伝えてきた言葉か。

「どちらも真実です」

イルトは地面に膝をついたまま、ウィルクを見上げた。緑の瞳には決意が宿っている。

「呪いを解く方法に一つだけ心当たりがあります。だが、私にはその方法は選べない。そして、あなたも選ばない。先ほどそう確信しました」

「どういうことだ」

「本当は呪いが解けるとはラファを呼び戻すための詭弁《きべん》だと言い張るつもりだったのですよ。しかし、あなたとラファが恋人というなら話は変わってくる」

イルトの言葉は婉曲的でわからない。

「教えてくれ、呪いを解く方法を」

しかし、次に語られた言葉に、ウィルクは納得した。

「……そうだったのか」

誰にも触れられないように封じ込めた手で顔を覆う。悩んだのはほんの僅かの時間だった。

「この呪いを解く必要はない」

イルトの予言した通りの答えを、ウィルクは口にした。

「感謝します」

「感謝など不要だ。私が選んだことだ。それに本当は解けないのではないかと思いながらやってきたんだ。予定通り王位継承権を放棄するだけの話だ」

ウィルクは長い溜息を吐く。

「ラファにこの話を知られないうちに出立したい。ラファが知れば、絶対に解くと言って聞かないだろう。呪いを解かなければならない最大の理由を消しておきたい」

イルトが目を細めた。

「あの子のことをよく理解しておられる。本当に恋人に……？」

「ああ。愛している。私もラファと別れる気はないからな。王位は弟が継いでも立派にやってくれるだろうが、ラファは誰にも譲れない」

イルトは微妙な表情を浮かべる。反対しようにも負い目のあるウィルク相手ではできないのだろう。

「ルースにもラファを村にとどめておくように命じているが、ラファも冬の秘宝の持ち主だから、あまり効果はないだろう」

呪いが解けても解けなくても、ラファはレガレノの森に置いていくつもりだった。王都の醜い権力争いをラファには見せたくない。

「わかりました。では風馬の馬車を用意しましょう。ティナが操れば一時で渓谷まで到着する」

ウィルクは頷いた。ラファは怒るだろうなと思いながら。

ラファは泉のほとりで膝を抱え込み、ルースと一緒にウィルクを待っていた。

陽はもう落ちてしまっていて、辺りは暗い。

去年の秋の祭りの日のことを思い出した。

冬の秘宝の存在を知って、北に向かい、ウィルクと出会った。

「リリの奴、知ってたなら教えてくれたらいいのに」

そうしたらもっと早くウィルクに出会えたのに。リリはああ見えて物知りだ。どこへでも飛んでいけるし、精霊と会話できるから。それにラファの育てる花が好物だからか、ラファには甘い。

「あっ」

ラファは立ち上がった。

「どこへ行かれるのですか？」

すぐ近くで寝そべっていたルースが村への道を遮る。

「ルース、退いてくれ。案内の光が消えたんだ。ウィルクがここではないどこかへ行こうとしている」

「いいえ、ラファ様。ここにいて下さい」

「何を言っているんだ？」

「ウィルク様からの命令です。村に到着した後は、しばらくラファ様を村にとどめよと」

「何だって？」

一体、いつの間にそんな命令をしていたのか。

「ルース。俺も君の主人だと認めてくれたはずだ。どうか退いてくれ」

「駄目です」

「どうして！」

「あなた自身が冬の秘宝の持ち主であると認めていないからです。今のあなたとウィルク様では、ウィルク様の命令の方が強い」

「っ、認める！」

とても悪い予感がした。迷っている暇はないと思った。

「この秘宝の所有者はこのラファだ。だから、ルース、退いてくれ！」

ルースが退いてくれた。ラファは駆ける。

村に戻り、集会所に飛び込むと、イルトが一人で残っていた。

「父さん、ウィルクは！」

イルトはラファの登場に目を瞠った後、頭を振る。

「村から出ていった。渓谷まではティナが案内している。風馬を使わせたからそろそろ森から出る頃だろう」

「どうして！」

ひと冬かけて気持ちが通じ合い、心から愛し合ったはずだ。これから一生を共にすると誓い合った。

「王位継承権を放棄しに行くのだそうだ」

「放棄？　呪いが解けたらその必要はなくなるはずだ」

「ウィルク殿の呪いは解けていない。彼がそう望んだからだ」

「どうして？　俺、呼び戻してきます！」

ラファはウィルクを追いかけようとした。だが、イルトに止められる。

「お前に話がある」

見たこともないくらいの真剣な顔付きに、ラファは足を止めざるを得なかった。

「十年前、私は北の国に招聘された。ウィルク殿の呪いを解いて欲しいという依頼だった」

「え……？」

「ウィルク殿に会う前に、ウィルク殿の異母弟の母親が私を密かに呼び出した」

「一体何のために？」

「呪いは解けないと診断するようにと要求してきたのだ」

イルトは淡々と語る。

「私はそのとき、莫大な金を必要としていた。報酬は破格だった」

十年前。それは……。

「母さんが亡くなった年？」

まったく無関係と思っていたことが繋がりを見せる。

ラファの母は、十年前に病で亡くなった。父は母を治すためにありとあらゆる方法を試した。

魔法しかり、薬しかり。結局母は助けられなかったが、集めた魔法具や薬の材料は非常に高価であったはずだ。

「まさか、母さんの治療費のために、本当は解ける呪いを解けないなんて嘘を吐いたんですか？」

「そうだ」

「なんてことを！　魔法使いの信頼を揺るがし兼ねない！」

「罪だとは自覚している。ウィルク殿にも告白した。断罪があれば甘んじて受けよう」

イルトは瞼を閉じる。

そこでラファはおかしなことに気付いた。

「待って下さい。呪いが解けないと嘘を吐くより、呪いを解く方が絶対にお金になるはずです。どうしてそうしなかったのですか？」

「それに気付くか」

イルトが目を開き、溜息を零した。

ラファが気付かなければ教えてくれないつもりだったのだろう。

「教えて下さい。一体、何故なんですか」

とても重大な秘密に違いない。ラファは覚悟して問い質す。

「呪いを解くには犠牲が必要だった。その犠牲を私はよしとできなかった」

イルトが躊躇う犠牲とは一体何なのか。

「お前だ、ラファ」

「俺……？」

「ウィルク殿の呪いは冬の魔法でできている。お前のその強力な春の精霊の加護をウィルク殿に移せば、ウィルク殿の呪いは解ける」

「加護を移す？　そんな方法があるのですか？」

「ああ。族長にだけ伝えられる秘匿の魔法だ。だが、移した加護は二度と元には戻せない。精霊の加護は魔法使いの力の源だ。失えば二度と魔法を使えなくなる。それどころか精霊の存在も感じられなくなる。私達魔法使いにとっては五感を失うに等しい」

ラファはそら恐ろしい気分になってぶるりと震える。魔法が使えないなんて、精霊の存在が感じられないなんて、想像もできない。

「呪いを解く方法があると知られれば、お前が狙われるかもしれない。だから私は嘘を吐いた」

父は嘘を吐くことで自分を守ってくれたのか。でもそのためにウィルクは十年も希望を持てず苦しむことになった。

ラファは痛む胸に手を当てた。服の下に硬い存在がある。自分のものとなった冬の秘宝だ。

「冬の秘宝の存在も知っていた。だが、お前とウィルク殿を近付けるわけにはいかないからお前の耳に入らないようにしていたのだが」

イルトが嘆息する。

出会う前から自分とウィルクの運命は繋がっていたのか。

「ウィルク殿にも全てお話しした。そのうえで、彼は、呪いは解かないと決めてくれた」

「っ」

ラファは冬の秘宝ごと胸を掴んだ。

「優しい方だ。王位よりもお前を犠牲にしない道を選んでくれた」

「ウィルクは、王様になるために、ずっと努力していた」

十年、諦めずに、努力し続けていた。ラファと恋人にならなければ、ラファを犠牲にする道を選んだだろうか。いや、優しいウィルクは選ばなかっただろう。他人を犠牲にしないためにたった一人であんな寂しい場所に閉じ籠もった人だ。

「父さん、お願いです。ウィルクの呪いを解いて下さい」

「お前がそう言うだろうと考えたから、ウィルク殿は一人で出ていったのだ。覚悟を無駄にしてやるな」

王位継承権を放棄したら、呪いを解く理由のほとんどがなくなる。また北のあの城に籠もり、ラファを待って一生を過ごす気なのか。

たまらなかった。感情が込み上げてきて、ラファはぼろぼろ涙を零す。

腕で涙を拭い、唇を噛み締める。

「ウィルクを追いかけます」

そのままラファは駆け出した。イルトが止めたが、ラファは聞かなかった。

夜の森を走る。ルースもラファと付かず離れずの距離で追いかけてくる。

「リリ、リリ！」

夜の森を駆けながらラファはリリを呼んだ。

「なあに？」

ばさばさと見慣れた白と薄赤の身体が現れて、走るラファとともに飛ぶ。

「渓谷まで連れていってくれ」

「えー。面倒くさい」

「頼む、リリ！　一生のお願いだ。リリじゃないと間に合わないんだ」

「まあ、そこまで言うなら。あ、でも、その狼は駄目だからね」

言いながらリリの身体がぐんぐん大きくなる。

「問題ない。走って追い付く」

ルースの淡々とした声を聞きながらラファはリリの背に飛び乗った。すぐにリリは急角度で空に羽ばたいた。落とされないようにしっかりしがみ付く。リリはぐるりと森の上を回って、渓谷に向かう。

「ウィルク！」

強い風の中で強引に目を開けると、いくつもの松明に照らされたウィルクが見えた。渓谷を渡ったところらしい。

「っ、あれは……？」

ウィルクの前には、大勢の人間がいた。武装していて、前列の弓兵《きゅうへい》がウィルクに向かって矢を構えている。

弓兵の後ろにいるのは見覚えのある人物だ。ウィルクの弟のセイリスと大臣のキシゼ。

「リリ、降りて！」

ラファの言葉に従ってリリは降下する。

「違う。渓谷の向こうだ！　リリ！」

リリが渓谷の手前に降りようとしているのに気付き、ラファはリリに指示したが、リリは聞いてくれなかった。

「リリ、どうして！」

リリは地面に降りると、首を振り、ラファを降ろそうとする。羽を掴んでいられなくてラファは滑るようにしてリリから降りた。

「駄目だよ。あんな危ないところに行ったら、ラファまで殺される」

「っ」

ラファはリリの説得を諦めて渓谷に向かった。蔦の橋をと慌てたところで、手を止められた。

「やめなさい、ラファ。危ないわ」

「姉さん！」

ウィルクを送ってきた姉だった。

「でもウィルクが！」

渓谷の向こうで、ウィルクは立ち回っている。手に巻いた革で矢の初撃を防ぎ、樹々の間に隠れる。身のこなしは俊敏で、暗いことも助けになって、大勢を相手に善戦しているようだ。しかし、多勢に無勢だ。いつまでも拮抗を保てるはずがない。何より、ウィルクは手を使えない。

「あれは人間同士の殺し合いよ！　レガレノの森の魔法使いは加担できない！」

「っ」

魔法は戦争には使えない。古代の魔法が戦争に使われたことを憂いた精霊達がそう決めた。レガレノの森の魔法使いはその精霊達の思いに従い、戦争だけでなく人間を傷付けるような魔法は使わないという誓いを立てる。その代わりに精霊の大いなる加護を得られるのだ。レガレノの森の魔法使いが最高位と言われる所以《ゆえん》だ。ラファも子供の頃にその誓いを立てている。

「どうか、どうか、ウィルクを助けて」

ラファはいくつもの魔法を指先で綴る。しかし精霊は一向に反応してくれない。

「お願いだから！　風の魔法！　水の魔法！　緑の魔法！　ウィルクを守って、敵を止めてくれ！」

その間にもウィルクは剣で切り付けられる。逃げられず腕で防ぐ。手を覆う革の結び目が切れてばらりと外れる。

ウィルクの指が掠った樹木が瞬時に凍りつく。兵士達が慄《おのの》いた。

露《あら》わになった手で相手に触れれば、ウィルクに勝機が生まれる。でも、ウィルクが人殺しになる。しかも相手は敵とはいえ、自国の民だ。それを避けるために十年も孤独を耐え忍んできたのに。

「ウィルク、駄目だ！」

ウィルクの無事を願うならそんな甘いことを言うべきではないとわかっている。それでも叫ばずにはいられなかった。ラファの声は届いていないだろうが、ウィルクは拳を握り締める。

今だ、捕らえろと、セイリスが叫ぶ。

ウィルクに触れないようにと、網が投げられた。ウィルクは捕らえられ、セイリスの前に引き出される。

『セイリス！　何故このようなことを！』

渓谷の向こうの声がはっきりと聞こえる。姉の魔法だ。

「あいつらウィルク殿を待ち伏せしてたのよ。こちらに逃げられないように蔦の橋が消えてから現れたの」

ティナが状況を説明してくれる。二人で旅している間、跡をつけられていたのか。

『仕方ないでしょう。父上がおかしなことを言い出すから』

『おかしなこと？　一体何の話だ？』

『交易路の整備。穀物の備蓄方法。西方との交易税。作物の新品種の開発。全部私が進言して実現させました。おかげで国は豊かになった』

『それは、まさか』

『父上は何を思ったのか、私が兄上から政策を盗んだのだと言い出しまして。病気で頭までおかしくなったようだ』

ウィルクは国のために考えたあれこれを父親に送っているが、一度も使われなかったと言っていた。

麓の村の女将は王子様が国を豊かにしてくれたと言っていた。

二つの事実がラファの中で繋がる。まさかセイリスは兄の提案を掠め取っていたのか。

『キシゼ、私の手紙は父上に届けてくれていたのではなかったのか？』

『何のことでしょうか？　私はあなたのもとに物資を届けるだけで、あなたから陛下に何かを預かった覚えはありませんね』

『あれもこれも、私が提案した以外の方法で解決したと言っていた』

『さあ、そもそも殿下がご提案されたことなど一つもなかったはずですが』

『貴様！』

セイリスとキシゼは共謀していたのだ。

『その通り。それなのに、父上はどうしてかあれを兄上が考えたものだと思い込んでしまって、兄上が呪いにかけられたままでも、兄上を王位に据えると言い出した。そんなこと許されると思いますか？　臣民がいつ自分は殺されるのだろうと怯えるだけだ。ねえ、お前達、そう思うだろう？』

兵士達が同意する。彼らは一様にウィルクに剣や槍を向けている。ウィルクの呪いに怯えているのだ。

『第一、誰にも触れられないなら後継ぎだって作れないじゃないですか。頼みますよ、兄上。私のため、国のために死んで下さい』

セイリスの声は城で聞いたものと違い、憎悪に満ちている。こちらがセイリスの本性だったのだろう。ウィルクを殺そうとしていたのもセイリスの後ろ盾ではなく、セイリス自身か。セイリスは兵士から槍を受け取り、穂先をウィルクに向ける。

『ああ、やっぱり。冬の秘宝は兄上のもとにはないのですね。あればこの槍は既に凍っていたはずだ。冬のおまけの忌々しい狼もいないし。冬の秘宝はあの魔法使いにやってしまったんですか?』

ラファは自分の胸に下げられた冬の秘宝を掴む。

『冬の秘宝とあの狼は兄上の絶対的な守護だった。あれさえなければ兄上を殺せる!』

狼! ラファは背後を振り返る。ルースの姿があった。追い付いてきたのだ。

「ルース! ウィルクを助けてくれ!」

ラファはルースに願ったが、ルースは動かなかった。

「私が守護するのは冬の秘宝とその持ち主です。先ほど、あなたが唯一の持ち主となりました。私があちらに跳べば、あなたの身を誰が守るというのです?」

「っ」

早まったことをしてしまった。

魔法では手助けはできない。弓矢で援護しようにも魔法なしでは届くまい。このままただ見ているしかできないのか。

『ひっ!』

セイリスの悲鳴が聞こえた。ウィルクが自分にかけられた網を押さえる兵士ごと引きずり、セイリスに向かったのだ。だが、網を押さえる兵士が増やされてウィルクの動きは止まる。

『往生際が悪い』

このままでは本当にウィルクが死んでしまう。ウィルクのもとに向かおうとしたラファをティナが止める。腕を風の魔法で拘束される。魔法の文字を綴れなければ魔法は使えない。

「姉さん、外して下さい！」

「駄目よ、ラファ。あなたまで死ぬだけよ」

ラファはめちゃくちゃに暴れたが、姉の魔法は解けない。

「ウィルク！　ウィルク！」

首を狙ったセイリスの槍の穂先が間一髪でよけたウィルクの腕を突く。

「ルース！　姉さんを止めて！」

ルースは今度こそラファの命じる通りティナに体当たりをしてくれた。ティナが転ぶ。風の拘束が解けた。ティナが体勢を立て直すまでは新たな魔法は紡げない。

ティナの拘束からは逃れられたが、ウィルクを救う手立ては……。

「冬の秘宝だ！」

地面に手をついた。

（大丈夫、いける）

指先で魔法の文字を描き、緑の精霊に合図を送った。地面の中から緑の蔓が何百本と現れてラファを乗せて渓谷の向こう岸へと運んでいく。直接人を傷付けたり争いに加担したりするのでなければ精霊は力を貸してくれる。

ラファは向こう岸に辿り着くと、冬の秘宝に自身の魔力を注いだ。その魔力が呼び水となって、冬の秘宝が持ち主を守るために冷気を生み出した。春の森が冬に染まる。

「な、何だッ？」

兵士達の足元が凍りつき、身動きができなくなる。セイリスもキシゼもその場に縫い止められた。

（やっぱり）

冬の秘宝の力はラファに力を貸してくれる精霊達とは別のものだ。

「ウィルク！」

未だ網に捕らわれたままのウィルクは腕から血を流していた。

「ウィルク！」

ラファはウィルクに駆け寄る。ラファは網に触れ指で魔法を刻むと、網は腐り落ちた。

「ウィルク！」

ラファはウィルクを抱き締めた。

「なんて危ないことをするんだ！」

「勝手に一人で出ていったのはあなたの方です！」

よかったと思う間もなく叱られて、ラファは怒鳴り返した。

思いきり睨み付けると、眉間に皺を寄せたウィルクが小さく嘆息する。

「私の恋人は勇敢だ」

「当たり前です。俺はか弱いお姫様じゃないんですから」

「そうか、そうだったな」

「そうです」

二人で苦笑し、手を取り合う。

「貴様らああ！」

激昂したセイリスが吠《ほ》える。彼も冬の秘宝の力によって地面に足を縫い止められていた。

「ウィルク！」

ウィルクがセイリスのもとに向かおうとするのをラファは呼び止める。

振り向いたウィルクの表情は静かだ。憎しみに呑まれた様子はない。

「大丈夫だ」

ウィルクは丸腰のままセイリスに近付くのに、セイリスは槍を構えて今にも突き出しそうだ。

「来るな、化け物！」

なんという酷い言い方だろう。ラファの胸は押し潰されそうに痛む。

ウィルクはゆっくり頭を振った。

「セイリス。私はお前のことを信じていた。お前だけは私の味方でいると思っていた」

「はっ！　私は最初からあんたのことが大嫌いだった。そのうえ、そんなおぞましい呪いを受けて。さっさと死ねばいいと思っていた」

「運ばれてくる食料に毒を混ぜていたのも毒蜘蛛を放ったのもお前か？」

「さあな」

セイリスはしらばっくれた。

「私を殺すか？　生きているだけで人を恐怖させるという罪を犯し続けるお前と違って、何の罪を犯したという証拠もないのに？　臣民に慕われる弟王子を殺した呪われた王子が王位に即けるものか」

セイリスは自分の罪を暴露するほど愚かではないらしい。

ウィルクが手を掲げる。

「く、来るな！」

愚かではなくとも臆病《おくびょう》だった。ウィルクを近付けまいと闇雲に槍を振り回す。

「お前には王になる資格はない！　私が王になるんだ！」

「お前のような人間を王にさせるわけにはいかない」

ウィルクは淡々と告げた。

手を伸ばす。向かってきた槍の柄を素手で掴み、捻《ひね》って奪い取った。槍をぐるりと返し、武器を失ったことに慌てて体勢を崩したセイリスの腹を石突きで突く。

「ぐうっ」

セイリスは泡を噴いてその場に昏倒《こんとう》した。

「ウィルク」

「ラファ。悪いが、彼らを捕まえるのを手伝ってくれないか？　私の手ではできないから」

苦い笑顔で頼まれて、ラファは頷いた。


ティナも手伝ってくれて、セイリスと一人で逃げようとしていたキシゼ、兵士の全てを捕縛するのはすんなりと終わった。ティナと二人で魔法の光で周囲を照らし、蔓で縛り上げて、春の魔法を用いて冬の秘宝で凍らせた足元を溶かす。いくらか凍傷にはなっているようだが、酷くはないようでラファは安堵した。

「これからどうするつもりですか？」

ティナには北の国へセイリス達の護送を依頼するための便りを出してもらっている。

「父上の子は私かセイリスしかいない。私が王位に即くしかないだろうな」

ウィルクは苦笑する。

「でもあなたは」

「この身の呪いとは上手く折り合いをつけていくしかないな。あの城砦で十年も生活できたんだ。国王になっても誰も寄せ付けないようにすればいいだけの話だ」

「でも」

セイリスや兵士達の怯えようをラファは思い出す。尊敬されるべき国王におぞましい呪いなどあってはならない。

精霊の加護を移す秘術。

ラファはその方法を知らない。唯一知っているはずの父は決して教えてくれないだろう。

(父さんしか知らない魔法?)

「リリ!」

ラファはリリを呼んだ。渓谷の向こうにいたリリは、変わらず大きな鳥の姿のまま一瞬で渓谷を渡って、ラファの頭上を旋回する。

「リリ! 春風の妖精よ!」

リリは春風の精霊が形をとったものだ。ラファが生まれたときの春の気の余波で意思を持ち、小鳥の姿で生まれてきた。

「ウィルクの呪いを解く方法を、俺の春の精霊の加護をウィルクに移す方法を知っているな?」

リリは知っている。そんな確信がラファの中にあった。

「ラファ!」

ウィルクが大声を上げた。

「呪いは解かなくていい!」

ラファは首を振る。

「あなたは俺のために自分の身を守る冬の秘宝を贈ってくれた。俺がいるならと、あの城で一生を過ごすと決意してくれた。俺だってあなたにできることはある。それとも魔法使いじゃない俺はいらないですか？」

「そんなわけはない！」

ウィルクの言葉に満足していると、リリが上空から小さな姿に変わりながら舞い降りてきた。

ラファのまっすぐ前の木の枝に止まり、真ん丸の瞳でじっとラファを見詰めてくる。

「リリ、知っているな？」

「知ってるよ。春の精霊に頼めばいい。春の加護を持つラファが呼びかけたら春の精霊は応えてくれる」

「呼びかける？」

精霊への合図は文字や図形と決まっている。願う内容が難しいほど、合図は複雑になる。こんな望みを叶えてくれる魔法をラファは知らない。知らないけれど、知っている。

図形でも文字でもなければ、言葉だ。最も原始的で単純な呼びかけの方法。

「ラファ、やめるんだ！」

ウィルクが肩を掴んで揺さぶってくる。

「お願いです。俺にも格好を付けさせて下さい。大丈夫。死ぬわけじゃないんだから」

「しかし……」

「今だけやめさせても無駄ですよ。俺は手段を知ってしまった。いつだってできるんだ」

「ラファ」

「大丈夫、魔法が使えなくなるだけ。魔法が使えなくなったって、あなたと一緒に遊戯室で遊べるし、踊りだって踊れる。冬の秘宝がなくても堂々と外を歩けるようにもなる。普通の人間になるだけです」

それにとラファは続けた。

「あなたに会う前、俺の夢は村の外に出て魔法で人の役に立つことだったんです。これで夢が叶うんです」

ラファの言葉にウィルクが息を呑む。

「どうしてもか？」

「どうしてもです」

「私にはそれだけのことに返せる対価がない」

「恋人のためにすることなのに、対価なんて必要ですか？」

ウィルクは目を瞬いた。

「君の決意は固いんだな」

「はい。でも、少し怖いから、手を握っていてくれませんか？」

「わかった」

ウィルクの手がラファの手を握り込んでくる。いつもと逆だなと思いながらラファは深呼吸をした。

「春の精霊！　どうか俺の声に応えてくれ！」

あらん限りの声で叫んだ。

それが正解だとでもいうように、リリがピイイと、甲高く鳴いた。

「ここは……？」

次の瞬間、ラファは不思議な空間にいた。

真昼のように明るい。野に花々が咲き乱れ、緑は青々としていて、柔らかい春の空気に満ちている。空には薄い雲がたなびき、淡い七色に染まっていた。

『ラファ、初めまして』

誰かの声がした。

「春の、精霊？」

ラファは直感した。姿は見えない。だが、人智を超えた力が確かに自分の周りに存在している。

『ええ。そう呼ばれる者です』

明確な返答にラファは畏怖《いふ》の気持ちを抱く。

リリのような妖精や世界の隅々にまで存在する名もなき精霊とも違う、とても偉大な存在だ。

「お願いです。俺に与えてくれた加護を使ってウィルクの呪いを解いて下さい」

ラファは春の精霊に頼み込む。

『それは可能ですが、あなたは加護を失いますよ。魔法が使えなくなるというだけではありません。あなたが生まれてからずっと至るところに感じていた精霊の気配を感じられなくなるのです。あなた達魔法使いにとって、それは五感を失うのに等しい』

イルトにも同じことを言われた。何度聞いてもぞっとする。

「構いません」

それでも、もう決めてしまったことだ。

『……わかりました』

春の精霊は数瞬ののちに、応じてくれた。

『ただし、私には欲しいものがあります。それと引き換えにあなたの望みを叶えましょう』

「欲しいもの？」

『あなたの持つ、冬の秘宝です』

「これ……？」

ラファの胸から青白い光を放ちながら冬の秘宝が浮き上がった。

『そう、それです』

何故春の精霊が冬の秘宝を欲しがるのか。

『その中には冬の精霊が眠っているのです』

「冬の精霊が？」

驚きはしたが冬の秘宝の力の秘密がわかった。冬の精霊が閉じ込められているなら、あれほど強大な力を持てるわけだ。

『その姿で人間の世界を長く放浪したようですが、そろそろこちらに戻ってきていただきたいのです。所有者を移すには所有者の同意が必要ですからね。でもずっとそれを持っていた魔法使いの一族は手放しては下さらなくて』

ウィルクの母親の一族のことだろう。

冬の秘宝はウィルクにとっても大切なものだ。だが、呪いを解くためならウィルクもきっと許してくれる。

「あなたに、差し上げます」

ラファは息を吐き出し、春の精霊に告げた。

『ありがとう』

春の精霊はどこか弾んだ声で応じた。

冬の秘宝がラファの首から外れて虹色の雲の浮かぶ空に昇っていく。

「ルース？」

いつの間にかルースの姿が現れて、冬の秘宝を追いかけて空を駆け上がっていく。

「ルース！」

呼びかけると、ルースは足を止め、ラファを振り向いた。

「束の間の主人よ、世話になった」

それだけを言い置いて再び空を駆け上がっていく。忠実な狼は、常に冬の秘宝の傍にあるらしい。

『ではラファ。あなたの望み通り、ウィルクとやらの呪いはあなたに与えた加護を使って、私が消し去ってあげましょう』

「ありがとうございます！」

ラファのお礼に答えるかのように辺りが光り出した。

「ラファ！」

ラファは呼び声にはっとした。

夜闇を魔法の光が照らしている。世界が元に戻っている。手はウィルクの手に繋がれたままだ。

「ラファ！」

もう一度呼ばれて酷い眩暈に襲われた。ウィルクが抱き留めてくれる。ウィルクの体温と鼓動が感じられる。

「あっ」

胸から提げていた冬の秘宝が消え失せている。今のは夢でなかった。

「ウィルク、あなたの呪いは解けた」

重い瞼を必死で持ち上げて告げると、ウィルクの目が見開かれる。

ラファはウィルクの手を握り返し、目の前に掲げる。

「本当です。もう何を触ってもあなたは命を奪うことはない」

試してみましょうとラファは誘ったが、ウィルクは戸惑っているようだ。

「私が証明してみせてもいいかな？」

「父さん？」

現れたのは父のイルトだった。いつの間にか渓谷を渡ってきたのか。

「ラファ、お前は本当に……」

ラファは叱られると身構えたが、イルトは溜息を吐いただけだった。きっとラファならそうすると予想していたのだろう。

イルトはウィルクの前までやってきて、手を差し伸べた。触れろということか。

ウィルクは動けないでいる。もし凍らせたらと思っているのだろう。

「ウィルク、大丈夫です。ほら、第一、俺が触れているでしょう？」

ラファの手はウィルクの手を握っている。

「俺の春の精霊の加護はなくなったんです。でもあなたに触れてなんともないということは、呪いはもうないということです」

　ウィルクがはっとした表情になる。ラファはウィルクの手を握る力を強めた。

「さあ」

　ウィルクは右手だけをラファから離し、ゆっくりとイルトの手に自分の手を置いた。

凍らない。何も起きない。

　イルトはウィルクの手を捧げ持つようにして膝を折った。

　レガレノの森の魔法使いは何者にも屈しないはずだ。父の所作にラファもウィルクも驚く。

「レガレノの森の魔法使いはあなたに力を貸しましょう。あなたが王になれば、北の国の繁栄は約束されるでしょう」

「父さん」

　ラファの呼びかけにイルトが頷く。きっとイルトなりの罪滅ぼしなのだろう。

「その申し出、ありがたく受け入れよう」

　ウィルクは受け入れた。

　そこでラファの意識はぷつりと途切れた。

＊＊＊

夏が春を奪い、秋が夏を追いやり、冬が秋を枯らし、そして春が冬を融かした。

夕闇の頃、篝火に集まる村人達から歓声が上がった。

「よし、俺が最初だ」

祭りの恒例の魔法比べは光の魔法から始まった。

ラファは喧騒から逃れるように森の中に入る。

持ってきた魔法具のランプの明かりが暗い水面を照らす。

春の森の草の褥には可愛らしい草花が点々と咲いていて、甘やかな香りがひっそりと漂っている。

「ラファ、また一人なの」

暗闇の中からバサバサと羽音がしてリリが肩に乗った。

「せっかくの春なのに、暗い顔」

ラファは春の精霊の加護を失ったが、ラファは特別だからとかなんとか言って、相変わらず仲よくしてくれる。妖精は普通の人間にも見えるし声も聞こえるが、以前よりくすんで見える気がする。

「そんなことないと思うけど」

「そんなに落ち込むなら、行っちゃえばいいのに」

「行けるわけないだろ！」

ラファは唇を尖らせ、膝を抱え込んだ。

「だって」

一年前のことだ。ラファは初めての恋を失った。

初めて愛した人は、国王になるために都に帰っていった。王位を継ぎ、活躍しているとはラファの耳にも入っている。父のイルトの約束に従って時折レガレノの森の魔法使いが派遣されていくからだ。

「行きたいのに？　行けるのに？　人間って変なの」

「ウィルクは王様になったんだ。それに誰にでも触れられるようになった。世継ぎが必要じゃないか」

ラファがウィルクの恋人でいられたのは、ウィルクの呪いがあったからだ。あんな呪いでもなければ二人は出会わなかったし、恋人にもならなかった。それにラファは春の精霊の加護も失って、魔法も使えなくなった。

加護を失った後、ラファはしばらく体調不良に悩まされた。精霊を感じられなくなったことは覚悟した以上に深刻だった。真っ暗闇の中にいるような感覚で、歩くことも覚束ない。慣れるまでは養生が必要と判断されてウィルクと別れて村に残ることになった。二ヶ月ほどでやっと日常生活が送れるようになって、その頃にウィルクは姉を招聘した。

その事実にラファは打ちのめされた。何故ラファではなく姉なのか。魔法使いでもないラファがウィルクの傍にいて役に立てることなんて一つもないからか。

「もうウィルクはどんな相手を好きになってもいいんだし」

実際、ウィルクからはこの一年音沙汰がない。きっとそういうことなのだ。初恋の熱に浮かされて、いつまでも引きずっているのはラファの方だけなのだろう。

「人間は面倒くさいなあ」

「ラファ、こんなところにいたのか」

「兄さん」

葉擦れの音がしたと思ったら、魔法の光を連れた兄のシイノが現れた。

「族長として話があるんだが」

兄は去年の春に結婚し、父の跡を継いで族長になった。父はどこか安堵した顔になり、今は村の外れで隠居暮らしをしている。

「はい」

何事だろうとラファは立ち上がり、居住まいを正した。

「お前に割り振るべき仕事ができた」

「俺に仕事が？　魔法使いじゃないのに？」

「そうだ。魔法は使えなくても魔法の知識はあるし、魔力があるから魔法陣なら刻めるだろう。それだけできれば充分な仕事だ。お前も大人なんだから、外で働いてきて欲しい」

断りたいなと思った。あれだけ憧れた外に今は出たくない。もうしばらくこの居心地のよい村に閉じ籠もっていたい。だが、族長の指示を無視するわけにもいかない。

「どこですか?」

「北の国だ」

ラファは目を見開く。シイノがしてやったりとばかりに笑う。

「北の国の国王が灌漑事業に魔法の知識のある人物の手助けが欲しいと、お前を指名してこられた」

「っ、ウィルクが……?」

「そうだ。お前を望まれている。行ってくれるな?」

もし今、ラファが一年前のラファだったら、きっと花弁や花が舞い散っただろう。忘れられていなかった。嬉しい。会える。

「行きます」

先ほどまでの気鬱《きうつ》は吹っ飛んで、ラファは何度も頷いて答えていた。

北の国の都は遠くから見てもとても大きく、堅牢なだけでなく、精緻な造りの城壁に囲まれている。

「あそこだ、ラファ」

仲間達が都の門に案内してくれる。仕事に出るときは危険を減らすために同じ地方に赴く者が一緒に旅に出ることになっている。場合によっては護衛を雇ったりもする。

「本当に一人で大丈夫なんだな？」

「はい」

仲間達に割り振られた仕事はさらに西の地方だ。ラファとはこれでお別れになる。

「でもお前、初仕事だろう？」

「仕事は初めてですけど、外出は初めてじゃないので」

「そういえばお前、家出魔法使いだったな」

村でラファに付けられた称号だ。ラファは苦笑する。

「それに魔法使いじゃないから魔法使い攫いにも遭わないので大丈夫」

「それもそうか」

仲間達は顔を見合わせた後に笑ってくれた。ラファが加護を失った直後はこんな冗談は言えなかったし笑ってもくれなかっただろうが、一年経って、腫《は》れ物扱いはもう終わりということだろう。

「ラファ様ですか？」

ラファが都の門に到着すると、すぐに身なりの立派な男性が声をかけてきた。

「私は王宮で陛下にお仕えしている者です。陛下からお連れするようにと命じられ、お待ちしておりました」

門で迎えが待っているとは言われていたので、ラファは頷いた。

用意されていたのは馬車だった。金銀の細工が施された立派なもので、繋がれている馬も見事な毛艶をしている。中も豪華で、座席には天鵞絨《ビロード》の腰枕が置かれている。

都の大通りを馬車で進み、王都の中心にある王宮に向かう。

馬車に揺られて窓の外を眺めながら、ラファの気分は沈んでいく。

都は想像以上に栄えていて、人も多い。

のこのこ来てしまったが、来るべきではなかったのではないか。これほどの人々をウィルクは王として導いているのだ。もう自分だけのウィルクではない。人々が王妃を望んだら、ウィルクはラファを捨てるのだろうか。

汚泥の淵《ふち》に沈みきった気分で到着した王宮は、北の城砦とはまったく異なる、華やかな建物だった。王宮の至るところに隅々まで手入れの行き届いた庭園があり、春らしく花々が咲き誇っている。

こんな煌びやかな場所で暮らしていたウィルクが、あんな廃墟のようだった城砦に閉じ籠もっていたのか。そう思うと、改めて胸が痛んだ。

王宮に到着したラファは、休む間もなく謁見《えっけん》の間に通された。

大きな扉が左右に開かれていく。不安はいよいよ大きくなっていく。

駄目だと思った。

ラファは顔を上げる。今の自分はレガレノの森から派遣された魔法使い……ではないが、仕事としてやってきたのだ。

まず、まっすぐ前方に向かって延びる絨毯が目に飛び込んできた。その絨毯の先を目で追っていくと、階段があり、その上に玉座が置かれていた。

先ほど仕事だと言い聞かせたのに、ウィルクの顔を見た途端、一瞬でそんな気持ちは吹き飛んでしまった。ウィルクと、叫んで駆け寄らなかった自分を褒めてやりたいと思った。

ラファは拳を握り締め、玉座の前に進んだ。

ウィルクは国王らしい豪奢《ごうしゃ》な装いに身を包んでいた。座しているだけなのに貫禄があり、男ぶりが上がったようだ。見惚れてしまいそうになって、ラファは自分を戒める。

ウィルクばかり気になって目に入らなかったのだが、謁見の間の両側には、国の重鎮らしき人々も控えている。

「レガレノの森からやって参りました。ラファと申します」

ウィルクの目が細められる。

「よく参られた。ラファ殿には是非、灌漑工事に手を貸していただきたい。国の大事業なのだ」

城砦でウィルクとした、国王と招聘された魔法使いごっこを思い出す。でも今はごっこではない。楽しく夢想した状況とまったく一緒なのに、ラファの胸は張り裂けそうに痛い。

「ええ。私の全ての力をかけましてご幇助させていただきます」

「それは心強い。ところで」

ウィルクが立ち上がり、壇上から下りてくる。

目を瞬いたラファに手を伸ばせば触れる距離までやってきて、優しく微笑む。

「王様……？」

ラファの記憶と同じ顔だ。少しだけ痩《や》せただろうか。

「困ったことが起きた」

「困ったこと？」

「私はやってきた魔法使いに恋をしてしまった」

「っ、ウィルク！」

思わず名前を呼んでいた。何を言い出すのか。謁見の間には偉そうな人達もいるのに。

「あ、あなたは王様で、世継ぎを儲けなければならない身で」

ラファが小さな声で訴えると、ウィルクの顔に極上の笑みが浮かんだ。

「その件については問題ない。実は先頃、父と父を長らく看病してくれていた妾妃との間に男子が生まれたんだ」

ラファは声を潜めたのに、ウィルクは至って普通で、それどころか謁見の間中に聞かせる勢いだ。ラファは慌てたが、何故か同席している人々は静かに聴き入っている。

「どうやらセイリスは他に王子が生まれないように父に毒を飲ませていたらしい」

付け加えられた言葉だけは囁くように告げられた。

「そんなことまで」

セイリスのことを思い出す。王位を欲していた彼はウィルクの手によって罪を全て明らかにされて、牢獄に幽閉されたと聞いている。キシゼは全ての財産を没収されて国外追放されたとか。兄を殺《あや》め、父に毒を盛るほど、王位とは欲しいものなのだろうか。

「兄弟で争うような真似は二度としたくない。私はその子に将来王位を譲ろうと思う」

「え……？」

「だから私と君との間には何の障害もない」

「ウィルク」

ウィルクがラファの手を取ってくる。

「駄目だ、そんなの」

常識的にあり得ない。せっかく王様になったのに誰が許すというのか。

「駄目と言われても父とはもう約束してしまった」

「なっ」

ラファは絶句した。

「私はラファとしか愛し合うつもりはないから」

「もう誰にだって触れられるのに、わざわざ俺を選ばなくても……」

「もともと君が好みだったと伝えたはずだが」

王様と招聘された魔法使いごっこで確かにそんなことを言っていた。

「君を愛している」

ばちっとラファの中で何か大事なものが繋がるような感覚が弾けた。

ラファは目の前が急に明るくなった気がした。暗闇から明るい場所に出たように眩しくて瞼をぎゅっと閉じる。一体今、何が起きたのか。

「ところで」

そっと瞼を開くと、目の前でウィルクが微笑んでいた。

「君の気持ちは明らかのようなのだが、これ以上問答を続ける必要があるかな」

「え？」

ウィルクが上を向いたので、ラファも上を向いた。

「え？　えっ？」

はらはらと、花弁が降ってくるところだった。チカチカと光が次々瞬いて、花弁が次々と生み出されていく。

「え、えっ、な、何で？　俺にはもう加護はないはずなのに」

春の精霊の加護は消えてしまったはずだ。ラファはもう高揚したって名もなき精霊達に影響を与えないはずだ。それなのに花が降ってくる。精霊達を感じ取れる。ぼんやりしていた感覚が鮮明になっている。

「あ……」

ラファは目を瞠った。自分の身体を春の気が包んでいる。春の精霊の加護が自分の身体に戻っている。

「加護を取り戻すくらい、私との再会がそんなに嬉しかったということかな」

「ち、違……」

自分の身に起きたことが理解できずに混乱していると、ウィルクが悲しげな顔をした。

「違うのか？」

違わない。嬉しい。ウィルクに会えて嬉しい。自分としか愛し合うつもりがないなんて言われて嬉しくないわけがない。

「う、嬉しい」

消え入りそうな声でラファは答えた。ばらばらと、花弁や塊のような花が降ってくる。

「ありがとう。しかし、これはすごいな」

笑いながらウィルクがラファを抱え上げた。

「えっ？　な、なに？」

「お前達、この恋を応援してくれるな？　成就すればレガレノの森の優秀な魔法使いがこの国に宮廷魔法使いとしてとどまって働いてくれるぞ」

ウィルクが軽やかに告げると、重鎮達は顔を見合わせて肩を竦《すく》め、深々と頭を下げた。

「私達を恋人として認めてもらえたようだ」

「ば、馬鹿っ！　こんな大事なこと、そんなに簡単に！」

「心配するな。実は根回し済みだ。逆に断られると困った事態になる。ラファが望んでくれるなら結婚もできるぞ」

「結婚っ？」

「しまった。今のは聞かなかったことにしてくれ。そのうち場を整えて正式に求婚するから」

再び絶句したラファに、ウィルクは声を上げて笑い、ラファを横抱きにしたまま歩き始めた。

「ど、どこに？」

「野暮だな。恋人とやっと再会できたんだ。行くところなんて一つしかないだろう？」

にこりと笑いかけられる。

「ああ、これはまるで婚礼の道だな」

花と花弁も一向に収まらない。二人の歩く道が鮮やかに染まっていく。

「お、下ろして下さい！　逃げないから！」

ウィルクはラファの頼みを聞いてくれた。ラファはウィルクの手を握る。

「あなたの部屋はどっちですか？」

「あちらだが」

ウィルクが顎先で方向を示す。ラファはウィルクの手を引くようにそちらに向かって猛然と歩き出した。

「ラファ？」

「このままじゃ廊下が埋もれてしまう」

だから急いで部屋に入ろう。ラファの気持ちを察してくれたウィルクが積極的だなと笑いながら今度はラファを先導するように早足で進む。

手に手を取り合い、二人は王宮の廊下を突っ切って、ウィルクの部屋に到着する。さっさと扉を閉じる。背後がどんなことになっているか、恐ろしくて振り返れなかった。

「んっ」

二人きりになった途端、ウィルクに口付けられた。

「ラファ、会いたかった」

口付けの合間に唇が触れる距離で囁かれる。

「本当はすぐにでも君を呼び寄せたかったが、君のご家族に納得してもらうのに時間がかかった」

「家族……？　あっ」

また口付けられる。

「そうだ。君を手元に欲しいと願ったら、君を危険な目に遭わせないように国を安定させ、君を悲しませないために先に世継ぎの問題をどうにかしろと。それで一年かかった」

会話するのに唇が離れるのが我慢できないとでもいうように、ひと言ごとに唇が触れ合う。次第に吐息が乱れていく。

「それは、父が……？」

「父上殿と兄上殿と姉上殿だ」

ラファの家族全員ではないか。一体いつの間にそんなやり取りをしていたのか。

「俺は分別のつく大人なのに」

「そう言うな。自分の子供や弟が可愛くて仕方なかったのだろう。それに一年経てば私達の気持ちが冷めるのではないかという期待もあったようだが……。あるわけがないな」

ウィルクはラファを見詰めて鷹揚《おうよう》に笑った。

ウィルクはラファの気持ちが変わらないと信じていてくれたのか。もう忘れられたのではといじけていた自分がなんだか恥ずかしくなる。

「君に会いたくておかしくなりそうだった」

ウィルクはラファの腰を抱き、部屋の奥に誘う。

部屋は間続きになっていて、奥の扉の先に寝室があった。

柔らかな寝台に押し倒されて、覆い被さられる。

「あっ、ウィルク、待って……」

胸元を広げてくる手をラファは止めた。

ウィルクが訝しげな顔でラファを見下ろしてくる。

「嫌か？」

「それはこの状況を見ればわかるでしょう」

ラファは笑った。相変わらず花弁や花が降り注いでいる。

「そうじゃなくて」

自分の両腕をウィルクの首に回し、ぎゅっと抱き付く。

「俺もあなたに会いたかった。愛しています」

一番大事なことを言えていなかった。

「ラファ」

ウィルクが感極まった様子でラファをかき抱いてくる。温かな身体が愛おしい。ラファを求めてくれるのがこれ以上なく嬉しい。

しばらくそうして抱き締め合っていたが、それだけでは足りなくなる。

少しだけ身を離したウィルクに、いいかとばかりに視線で訴えられて、ラファも頷く。離れると寂しくて、服を脱がし合いながらも口付けたり互いに触れたりして、二人とも生まれたままの姿になるのに時間がかかった。

「前より逞しくなりました？」

ウィルクの身体は以前よりさらに力強くなった気がする。

「ああ。鍛錬相手がいるからな。効率よく鍛えられる」

そうか。そんなこともできるようになったのか。きっと鍛錬相手も新しい国王の素晴らしさを喜んでいるのだろうなと思うとラファまで誇らしい気持ちになった。

「ラファは変わらず美しいな」

ウィルクに比べたら貧弱な身体だと思うのだが、ウィルクは褒めてくれる。

記憶のままだとあちこちに口付けられたり触れられたりしているうちに、ラファの身体が熱くなってくる。何故か精霊の加護を取り戻した身体は全ての感覚を取り戻したかのように刺激に敏感で、指先で触れるだけでも熱い吐息が漏れる。

ウィルクが枕元にあった箱から花の形の陶器の瓶を取り出す。

「それは？」

潤む視界に見たそれは香油のようだが、以前、北の城砦でウィルクが使っていたものと違う甘やかな匂いがする。

「君の花を枯らすのが忍びなくて、香油を作ってみた」

「は？」

「北の城砦で君の出した花と花弁は集められるだけ集めて貯蔵庫に入れておいた。それから色々作らせてみた。特にこれは、私達の初夜に君が降らせた花からできたものだ」

「な、なっ」

なんて恥ずかしいことをするのだ。

「君が纏っている香りとよく似ている。もちろん、君の香りの方が好ましいが」

ラファは顔を覆った。もう恥ずかしいとかそんな域ではない。この人はどれだけ自分のことが好きなのだろう。

「また作れそうだな」

恥ずかしくてやめて欲しいのに花が降りやまない。

「も、もう、その話はいいから、早くしましょう！」

ウィルクが目を瞬き、小さく吹き出した。

「そんなに求められると、俄然《がぜん》やる気が出るな」

「…！　そうじゃなくて！」

「照れなくていい」

だから違うのにと思ったが、なんだか馬鹿らしくなってきた。それに早くしたいというのも本心だ。好きな人と裸で一緒にいるのに言い合いなんて時間がもったいない。

ラファはもう黙れという気持ち半分でウィルクの唇に噛み付くように口付けした。

「ラファ」

唇を離して目で訴えると、ウィルクが微笑んで口付けを返してくれる。

既に花びらが至るところに散った褥に押し倒されて、覆い被さってきた身体に腕を回す。

「あっ、ああ……っ」

口元から首筋に唇が降りていく。吸われたり舐められたりして擽ったい。

「っ」

ウィルクによって感じる場所にされた左胸の粒には齧り付かれた。

「ウィルク、それ、あっ、あ……っ」

温かく濡れた粘膜で擦られる感覚は他人からしか与えられない。一年ぶりの感覚にラファは震えながらウィルクの頭を自分に押し付けるような仕草をしてしまう。

「そんなに気持ちいいのか？」

「んっ、だって、自分で弄ってもこんなに気持ちよくならなくて」

「自分で弄ったのか？」

まだ何もされていない右側までつんと尖ってしまっている。それを咎めるように摘まみ上げられて、ラファはまた震える。

「ウィルクがしてくれないから、自分でするしかないじゃないか」

怒っているはずなのに、気持ちよさと、そのときの虚しさを思い出したせいで眦《まなじり》から頬に涙が伝い落ちた。

　見下ろしてくる濃青の瞳がぎらりと光った。

「んっ」

　唇を封じられ、口の中に入ってきた舌が縦横無尽に動き回る。

「んんっ」

　口付けをされたまま、勃起していた雄を掌で包まれ全体を扱かれる。かと思ったらその奥の交わる場所に手が移動してひくひく震えていた蕾をつついてきた。

「こっちは？　ここも自分で弄ったのか？」

　ラファは頭を振った。髪に引っかかった花弁が辺りに散らばる。

「そっちは怖くて、ウィルクじゃないと駄目だった」

　ひと冬、毎日のように愛し合ったのだ。自分で慰めていて、疼《うず》くこともあった。けれど縁に触れるのがせいぜいで、指を挿れるのは怖くて無理だった。

　触れていた指が離れていって、頭上でガチャンと音がした。甘い香りがする。目線を移動させると、先ほどの花型の陶器の瓶が枕の傍で転がっていた。

「あっ」

　ぬるついた指が再びラファの蕾に押し付けられる。ゆるゆると辺りを揉み解した後、指先が入ってきて、ぬくぬくと出し入れされる。

一年も使っていないのに、まるでウィルクの指を覚えているかのようにそこが柔らかくなっていく。指はすぐに三本まで増やされた。

「ラファ。本当は一年分、じっくりとしたかったが、君が可愛過ぎてもう無理だ」

ウィルクが苦しそうに告げてくる。

「俺ももう無理」

ウィルクの頬に手を添え、目を合わせてラファも願う。

「あなたと繋がりたい」

「ラファ」

ウィルクが心底嬉しそうに目を細め、ラファに口付けてくる。

ウィルクの手に促され、ラファは自分から脚を開いた。ウィルクがその間に腰を入れてきて、準備された場所に逞しいものの切っ先が当たる。

「あ……っ」

ゆっくり押し入ってくる感触にラファは背中を反らした。押し潰された花弁が甘い匂いを放つ。

「ああっ」

おそらく今、太い部分が収まった。

「ラファ、すまない」

「あ……ーッ」

残りを一気に突き込まれて、ラファの瞼の裏で光が散る。びゅくんと天井を向いていた自分のものの先端から雫《しずく》が溢れた。挿れられただけで軽く極めてしまったらしい。

「平気か？」

はあはあと息をしているとウィルクが頬にかかった髪をよけ、甘ったるい表情で見てきた。

「挿れただけでいったのか？　可愛いな、本当に」

ウィルクが感慨深げに吐息を漏らす。

「あなただって、挿れただけでこんななくせに」

ラファはぎゅっと下腹に力を入れた。ウィルクが小さく呻く。なんとか堪《こら》えたようだが、中のものが今にも限界を迎えそうにびくびくと震えたのがわかった。

「仕方ないだろう、一年ぶりに恋人と繋がったんだ」

「……誰ともしなかった？」

「まさか。ラファを愛しているのに、どうして他人とするんだ。それに私達は最初で最後の恋人だと誓い合っただろう？　それともあれは偽りの誓いだったのか？」

「まさか。俺は、本気だった」

「私だって本気だったし、今でも変わらない」

「ウィルク」

「君を愛している。生涯にただ一人だけだ」

濃青の眼差しがラファを見詰める。雪融草の青い花と同じ色の瞳だ。春を知る、花の色。

ラファの胸が熱いもので満たされる。

「俺も、あなただけ」

目線を交わし合い、どちらからともなく口付け合った。

「あっ」

口付けながらウィルクが律動を始める。奥深いところをゆっくり突かれて、それだけで痺れるように気持ちいい。

「あっ、あっ、ああっ」

動きは次第に激しくなってくる。ラファが身悶《みもだ》えるたびに花弁が降ってきて、褥を埋めていた花弁は弾む。甘い香りに包まれながら深く激しく交わり合った。

一度では足りるわけがなく、夜まで求め合ってやっと満足して、抱き締め合って二人で眠りに就いた。


「ラファ、ラファ。起きて」

「んっ、リリ？」

ラファが目を覚ますと、目の前で花弁に半ば埋もれるように白と薄赤の小鳥がちょこんと立っていた。

「どうしてここに？」

ここはレガレノの森ではない。

「春の精霊から伝言。もらい過ぎたからお釣りです、だって」

「お釣り？」

もしかしなくても春の精霊の加護のことか。

「ただし、前よりはずいぶん少ないから、慣れたら花は降ってこないよって」

それで今、花が降ってこないのか。こんな幸福な気持ちなのに。

「まったく、春の精霊もラファも僕を扱《こ》き使い過ぎ」

リリはぷんぷん怒っている。加護を失っていた先日までよりなんだか色鮮やかで艶々して見えて、いつも以上に可愛い。

「ごめん、ごめん。リリが頼り甲斐があるからだよ」

「本当、仕方ないなあ。それより、お礼が欲しい」

「わかってる」

加護が戻ってきたのだから花を咲かせろというのだろう。起き上がろうとしたラファだった

が、上半身を起こしたところで背後から腕が巻きついてきて、動けない。

「ウィルク」

振り向くと、ウィルクが不機嫌そうな顔をしていた。

「せっかく一年ぶりに恋人と迎える朝なのに、私よりその妖精を優先するのか？」

「リリに嫉妬《しっと》しているんですか？」

「当たり前だ。その妖精は私とラファが引き離されている間もラファと一緒にいたんだろう？」

「妖精ですよ？」

「妖精でもだ。それよりラファ、恋人に朝の挨拶は？」

ラファは苦笑して、上半身を屈ませる。

「ウィルク、おはようございます」

「おはよう、ラファ」

恋人との朝の挨拶にはもちろん口付けが必要だ。

花弁と花の褥の上で、リリから「いい加減にして」と怒られるまで二人で迎える朝の幸福を味わった。

おわり

花の褥をもう一度

「受け入れてもらえてよかったです」

ラファは夜の清涼な空気を吸い込み、傍らのウィルクに語りかけた。

星が煌めく夜の庭園には咲き初《そ》めた薔薇の甘い香りが漂っている。

先ほどまで二人で出席していた宴《うたげ》の会場からは軽やかな音楽が届いてくる。

本日、ラファの宮廷魔法使いとしての披露目を兼ねた宴が開かれたのだ。宴では招待客がラファのもとにひっきりなしに訪れて、魔法使いが来てくれてありがたい、これからよろしく頼みますと、笑顔で言ってくれた。ひと通りの挨拶を終えて主役は退席。ウィルクもラファに付いて退席してくれて、二人きりで夜の庭園を散歩しているところだった。

「ラファが受け入れられているのはわかりきったことだろう」

ウィルクが微笑んで返す。

ラファがこの王宮にやってきて既にひと月が経過している。

「宮廷魔法使いは殊《こと》の外《ほか》優秀で、そのうえ、優しくて気安く話しかけてくれると、王宮どころか国民にまで知れ渡っているのに」

宮廷魔法使いとして、もう既にいくつもの仕事に関わっている。相談しやすいようにと積極的に他人に話しかけて、確かに受け入れてもらえているなという実感はある。ウィルクの恋人とも公にされているが、そちらも表立った反対は受けていない。むしろ皆、好意的な気さえする。

「褒め過ぎです。身内の欲目じゃないですか」

とはいえ、恋人に褒められて悪い気はしない。照れ隠しも兼ねて目線が上のウィルクを少しだけ睨み上げる。

「欲目なものか。私と恋人だと公言していなければ、きっと求愛者が殺到していたぞ」

ウィルクは真剣な顔で、眉間に皺を刻んだ。

「それはあなたもですよね。今夜だってご令嬢達から熱い視線を送られていた」

十年不在だった呪われていた王子が、その優秀さを発揮して、たった一年で尊敬される王様に変貌を遂げたのだ。端麗な容姿と相まって、王妃の座を狙っている女性はさぞかし多いだろう。今も諦めていない女性もきっと沢山いるに違いない。もちろん、ラファもウィルクから離れるつもりはない。それでも気になってしまう。

「そうか？　まったく気付かなかったな」

「まったく？」

「だって私はラファしか見ていなかったから」

にこりと笑われて、ラファの胸は言いようもない奇妙な感覚にざわついてしまう。言いようがないが、敢えて言葉にするなら、嬉しいと、恥ずかしいか。

「一体、どこでそんな言葉を身に付けてくるんですか？」

北の城砦にいた頃からそうだ。ラファと打ち解けたときから、気障《きざ》な言葉を臆面《おくめん》もなく操り始めた。城砦に籠もる前の十五歳でそんな台詞を誰かに言っていたのだろうか。初恋はラファだと言ってくれているが。

「どこでというか、思ったことを言っているだけだが。ああ、そういえば、一時期、本を夢中で読んでいたな」

「本ですか？」

「送られてくる物資の中に流行《はやり》の本がひと通り入っていた。英雄譚や恋物語。一人になってしばらくはそういったものを読み漁っていた。いつしか、物語なんて読んでも役に立たないと、その時間を勉学に当てるようにしたが、少し影響を受けているかもしれないな」

物語の台詞は確かに誇張されているものだ。これまでのウィルクの言動がなんだか腑《ふ》に落ちた。同時に切なくなる。

「私の言葉は好まないか？」

「……いいえ」

ラファは少し考えて頭を振った。

「確かに、少し恥ずかしいなと思うこともあるんですけど、でも、それで絆されたような部分もあるので、無理に変えなくても大丈夫です」

「そうか」

ウィルクが嬉しそうに微笑んだ。

広間から聞こえてくる音楽が舞踏曲に変わった。

「踊るか？」

「はい」

北の城砦の広間で踊ったことを思い出し、ラファも頷いた。

手を繋いで、一緒に歩き出す。

王宮魔術師らしい格好をとウィルクが提案して作ってくれた衣装は裾が長くて、歩調に合わせてひらひら舞う。ウィルクの手でくるりと回されると楽しい気分になって、ラファは振り付けで片手が離れたときに空中に文字を描いた。

再び手を繋いで踊り出すと、緑の精霊がラファの意図を汲み取って、庭園の花々を次々と咲かせていってくれる。

「美しいな」

ウィルクも楽しそうだ。ラファももっと楽しい気分になってもう一つ魔法を使った。

今度はラファの踏みしめた地面に小花が咲き始める。二人の軌跡を小花が描いて残していく。

それを二人で眺めながら、庭園中を踊り回った。

一緒にいるととても楽しい。一年と少し前までは恋がどんなものかわからなかったが、今は恋がない人生なんてと思うくらい、楽しくて仕方ない。

音楽がやんだ。足踏みも止まって、静けさが辺りを包む。でも気持ちは高揚していた。ウィルクも同じだろう。お互い微笑み合うだけで確信できた。

以前なら勝手に花弁が降ってきたところだろう。

そう言おうとしたラファの目にひらりと舞う花弁が映った。

「踊りの最後に相応しい演出だな」

ウィルクも気付いて空を見上げる。白い花弁が庭園にひらひら舞い降りていた。

「違うんです」

「違う？」

「これは、俺の魔法ではなく名もなき精霊が勝手に」

「勝手に？　その力はもうなくなったんじゃなかったのか？」

「そのはずです。でも、今、すごく楽しかったから」

こんなに気分が昂《たか》ぶってしまったらそれもあり得るのかもしれない。

説明すると、ウィルクが嬉しそうに微笑んだ。直後に一瞬だけ、悪戯を思いついたような表情を浮かべたのに、ラファは気付けなかった。

「そうか」


そして、これは始まりでもあった。

＊＊＊

次は、その半月後だった。

「夏に避暑旅行に行かないか？」

いつものように夕食を終えて二人でウィルクの私室の寝椅子に隣り合って座っていると、ウィルクが切り出してきた。

「避暑旅行、ですか？」

ラファは目を瞬いた。

「どこへ？」

ラファが確認すると、ウィルクは愉快げな表情になった。

「北の城砦へ」

「えっ？」

あの二人きりで過ごした魔法の城へか。

「いいんですか？」

「ああ。昨夏は国王になりたてで忙殺されたが、今年はなんとか休みが取れそうなんだ。冬は寒いが、夏は涼しくて避暑にはうってつけだ。目新しい場所でなくて申し訳ないが」

「とんでもない！」

ラファにとっては大切な思い出の場所だ。ウィルクと出会って恋人になって、ひと冬を過ごした。その思いはウィルクも同じなのだろう。見合わせた瞳が嬉しそうに輝いている。

「一緒に行ってくれるか？」

「もちろんです！」

ラファはウィルクの手を握り締めて同意した。

城砦で二人で過ごした日々を思い出すと、それだけで心が弾む。

城砦での生活は本当に楽しかった。

「よくわからなくて使えなかった遊戯具がありましたよね。古代の風俗に関する文献をこの王宮で見付けたので、遊び方を調べておきます」

「球を転がす遊びの勝敗も五分五分だったな。今度は私が勝つぞ」

「俺だって負けません。ああ、それから中庭で育てる果樹と野菜の種も持っていかないと」

「夏は閉ざされているわけじゃないから果樹も野菜も必要なだけ取り寄せればいいだろう」

「でも新鮮なものの方が美味しいですよ」

「……それもそうか。ということは毎日ラファの手料理を食べさせてもらえるのか？」

「俺の料理なんて、王宮の料理人の足元にも及びませんけど」

「でも私は君の手料理がいい。そうだな、さすがに二人きりで行くわけにはいかないが、他の者は城壁の部屋の方に滞在させて、居館は二人きりで過ごすことにしよう」

二人きり。その言葉にラファは嬉しくなる。王宮では近くに衛兵や侍従、侍女が控えているため、自由奔放にとはいかないのだ。本当の意味でのんびり二人で過ごせる。考えるだけでも嬉しい。

「喜んでもらえたようで何よりだ」

ウィルクが目を細め、ラファの金色の髪に触れてくる。すぐに離れていった手には黄色の花弁が一枚。

「えっ」

頭を振ると、ぱらぱらと花弁が落ちてきた。

宴の日以来、二度目だ。確かにとても嬉しかったが、名もなき精霊に影響を与えるほどだったろうか。

「ラファ」

疑問に思ううちにウィルクの顔が近付いてくる。

「君は本当に可愛い」

「んっ、ん……っ」

熱烈な口付けを受けて夢中になる。

「あっ、待って。ここで？」

そのまま寝椅子に押し倒されてラファは涙目で訴えかけた。寝室は隣だ。

「大丈夫、呼ばなければ誰も来ない。それに花弁を降らせるラファをこのまま愛したい」

ウィルクの表情は心なしか恍惚《こうこつ》としている。城砦にいた頃、ウィルクがちょっと執拗《しつよう》なくらいラファに花弁を降らせようとしていたことを思い出す。

（ウィルクが喜んでくれるなら、いいか）

避暑休暇という贅沢な贈り物に返せるようなものもない。少しでもお返しになるならいいかと、花弁が何故降ってきたかはひとまず置いて、ラファはウィルクを受け入れることにした。

＊＊＊

さらに半月後。

「んっ、あっ……」

ラファはウィルクの寝室でうつ伏せにされて、背中に覆い被さっているウィルクからの愛撫を受けていた。

「ラファ、香油が切れた。新しいものが引き出しに入っているから、取ってくれるか？」

繋がる場所を柔らかくしていたウィルクに言われて、ラファは呼吸を弾ませながら、目線の先にある寝台脇のチェストの引き出しに手を伸ばした。

確か一番上のはずだ。

「あっ」

腰骨の窪みを吸い上げられて、手が滑った。二段目の引き出しが開いてしまう。

「んんっ」

「ほら、ちゃんと取って」

笑い声と共に促される。ラファは改めて一段目を開こうと手を伸ばした。

「っ」

ウィルクの指がくちゅりとラファの中に潜り込んでくる。

「あっ、駄目、待って」

「早くしてくれないと私が我慢できなくなる」

どうやらわざとらしい。ラファは背後を振り向き、涙目でウィルクを睨む。

「君はそんな顔も可愛いな」

とろけるような笑みで返されてしまう。

「あっ」

「ほら、早く」

「もう……」

なおもやまない悪戯ような愛撫に耐えながら改めて一段目を開こうともがいたところで、指にかさりとした何かが触れた。

（手紙……？）

そこには手紙の束がぎっしりと詰まっていた。ほのかな明かりの中、ラファの少し滲んだ視界にも、宛先がはっきりと見えた。

「俺宛て?」

背後でウィルクの手が止まった。

「どうして俺宛ての手紙がこんなところに?」

ラファは手を伸ばしてそれを引っ張り出す。ウィルクがラファから離れる。

見られても構わないもののようだ。ラファは起き上がって手紙の束を手に寝台に腰掛けた。

ひっくり反して裏を見る。

「これ……!」

背後に寄り添ってきたウィルクは苦笑していた。送り主はウィルクだった。

「私から君に宛てた手紙だ」

「手紙?」

「君に渡して欲しいと頼んでも断られてしまったからな」

「断られた? 誰に?」

聞いてからラファは悟った。ラファがウィルクと別れてレガレノの森にいた一年間、北の国には兄や姉が来ていた。間違いなく二人のことだろう。ウィルクから聞いた話によれば、家族はウィルクとラファが別れることを望んでいたらしいから。

「読んでもいいですか？」

「ああ。構わない。君に宛てたものだから」

早速、光の精霊に呼びかけて明かりを灯し、手紙を開くラファに、ウィルクは肩から服をかけてくれた。


『ラファ、具合はどうだろうか？

君は私のために魔法を失ったというのに、傍にいられないことが苦しくてたまらない。レガレノの森が一番安全だというのも、私には王都でなすべきことがあるとも、痛いくらいに理解している。それでも君の傍にいたかった。待っていてくれ、すぐに国を安定させて、君を迎えにいくから。』


最初の手紙を読んで、ラファの新緑の瞳から涙が一粒溢れた。


『君の姉上から、君がやっと起き上がれるようになったと聞いて安堵している。相変わらず、手紙を渡すのは断られてしまっているが。

ラファ、君に会いたい。君も同じ気持ちだと信じている。』

王都の様子やウィルクの置かれている状況を交えながらも、手紙はラファへの想いに溢れている。

「っ」

手紙の上に花弁が次から次に落ちてくるのでラファは邪魔するなと、手で払う。

『どうせ届かない手紙だから、弱音を言わせて欲しい。

今日、君が降らせた花を使って作らせた香油が出来上がった。君の香りがして、胸が苦しくなった。ラファ、どうして君は私の隣にいないのだろう。君に会いたい。君の笑顔が見たい。ウィルクと私を呼ぶ声が聞きたい。君を愛したい。いっそのこと、全てを放り出して、君のもとへ行けたら。』

「その手紙はさすがに恥ずかしいな」

隣で肩に手を回してくれているウィルクが囁く。ラファは頭を振った。涙で喉が詰まって声が出なかった。ウィルクが優しく髪を撫でてくれる。また涙が溢れて、それ以上に花弁が降ってきた。

『どうせ届かない手紙だから』

最後の手紙の出だしもそれだった。日付は春、ラファが王都に来る直前。

『どうせ届かない手紙だから、告げてしまおう。

間もなく、私と君はこの王宮の謁見の間で再会する。私は君に灌漑工事の手助けを頼む。君は快諾する。そうすると、私は君に恋したと告白する。もちろん君は応じてくれる。

家臣達を説得するのは骨が折れたが、あらゆる手を使って納得させてある。いや、君を一目見たら、納得せざるを得ないだろうな。なんと言っても、君は可愛い。貴重な魔法の知識を持っているし、心根が優しくてまっすぐだ。こんな素敵な人なら国王の恋人として相応しいと、皆が思うに違いない。賭けてもいい。

皆に祝福されて私達はもう一度恋を実らせる。』

「君に魔法が戻るという奇跡も付いてきたな。春の精霊も祝福してくれたんだろう」

「ウィルク」

ラファは涙をぽろぽろ零しながらウィルクに抱き付いた。

「あなたと出会えてよかった」

好きになってよかった。ずっと好きでよかった。

「それは私の台詞だ」

ラファの身体を力強く温かい腕が抱き締めてくれる。

この人とずっと一緒にいたい。誰にも渡したくない。そんな気持ちが湧いてくる。ただ抱き締めてくれるウィルクも同じ気持ちだと言ってくれているようだった。

花弁はしばらく降り止まなかった。

＊＊＊

夏の盛り。到着した北の城砦は晴れ渡っていた。陽差しは眩しいが、空気が冷たくて心地よい。

「やっと到着だな」

ウィルクは城門の脇の城壁にある鍵穴に持参した鍵を差し込んだ。魔法の城の鍵だ。いつもはただの岩壁のところに小さい扉が現れる。ウィルクはそこを潜って中に入り、内側からぶら下がっている紐を引く。吊り門扉が音を立てて上がっていく。

おおっと、背後から歓声が上がった。王宮から付いてきた侍従と護衛の兵士達だ。彼らはこの城に初めてやってきたから物珍しいのだろう。半月滞在するための物資を運ぶ荷馬車も後に続いている。

城の中に入ると、ウィルクの指示で、ウィルクとラファが必要なものを居館に運び込み、残りは侍従達のために城壁の内部に運び込まれた。そちらはおそらく元は兵士達の詰め所だったのだろう。ラファも何度か入ったことがあるが、生活するには充分な設備が整っている。

侍従達と別れてラファはウィルクと居館の中に入った。

一年半ぶりの城にはまた埃が積もっていたが、最初のときほどではない。

「やれやれ、まずは掃除だな」

ウィルクが疲れた声を出す。無理もない、避暑を北の城砦でと決めた後に仕事が増えて、やっとの思いで時間を捻出したのだ。道中は地方視察も兼ねていたので、滞在する街々で領主と面会したり相談事を受けたりと気を抜く暇もなかった。

「そうですね」

応じながらラファは溜息を零してしまった。それをウィルクが目敏《めざと》く気付く。

「ラファ、大丈夫か？　麓で大掛かりな魔法を使っただろう？」

「あ、いいえ。大丈夫です」

確かに魔法は使った。麓の村は冬の気の元凶である冬の秘宝が失われたことで急激に気候が元に戻ったが、十年で枯れてしまった樹木はすぐに戻るわけではない。ラファは魔法陣を刻んだ魔石を埋めて一帯の樹木を芽生えさせ、成長させた。減ってしまった加護のためにぎりぎりまで魔力を使うことになったが、村人達が喜んでくれたので満足だ。ラファの溜息の原因は疲労ではなく、別のところにある。

「今だけじゃない。ここしばらく様子がおかしかった。何か思い悩んでいるんじゃないか？」

上手く隠せていたと思ったのに、見抜かれていた。

言うべきか。ラファは少し悩んで沈黙を選んだ。今日は思い出の場所にやってこられた楽しい日だ。もうちょっとだけ考えたら解決法が見付かるかもしれないし。

「掃除は明日にして今日は休むか？　それとも侍従にやってもらうか？」

ウィルクの提案にラファは頭を振った。

「これくらいなら一日かければ大丈夫ですよ。それに、自分達でやった方が充足感があるじゃないですか」

ラファは気を取り直すために袖を捲り、早速掃除に取り掛かる。ウィルクも苦笑してラファに従った。王様に掃除をさせるなんて、城壁の方に滞在している侍従達が知ったら卒倒しそうだが、幸いここには二人だけしかいない。

涼しい山中で、一緒に汗だくになりながら居館を徹底的に綺麗に仕上げていった。

掃除は夕方には目処《めど》がついた。陽が暮れる前にと二人は厨房に入って食事の準備を始める。

「王様に料理の手伝いをしてもらうだなんて」

掃除の段階で今更なのだが、ウィルクと並んで料理を作っているのが不思議な感覚でラファは笑いながら声をかけた。

以前はウィルクに呪いがかけられていたので、調理には手を出せなかったが、今はそうではない。ウィルクはラファの指示に従って丁寧に食材を切ったり、味見をしたりしてくれる。

あの冬の日々と同じ二人きりだが、こうして変わった部分もある。不思議な感覚もするし、嬉しくもある。

「美味い」

二人で作った食事はとても豪勢なものになった。二人で食堂の卓に向かい合って座り、葡萄《ぶどう》酒《しゅ》のグラスを交わし合って、舌鼓《したつづみ》を打つ。

とても満たされた時間だ。この日々がずっと続けばいいとラファは思ってしまう。

「ラファ、まだ元気があるなら、踊らないか？」

食後にウィルクの提案で広間に赴く。音楽が自動的に鳴る魔法の仕掛けを動かして、二人で手を取り合って踊る。

誰もいない城砦の居館で二人きり。偶然なのか、もしや人の感情を認識する魔法でも使われているのか、流れてきた音楽は恋人達に相応しいゆったりした曲調で、甘く切ない響きを含んでいた。

「ラファ」

ウィルクがラファの腰を引き寄せ、ぴったりと密着してくる。ラファもウィルクの身体に擦り寄るように身を寄せた。

ウィルクの体温、香り。低く魅力的な声。どれもラファにとって好ましい。

「ラファ、君に贈り物があるんだ」

「贈り物？」

ウィルクとゆらゆらと揺れるように踊りながら、ラファは目を瞬いて、ウィルクを見上げた。

ウィルクからは既にいくつも贈り物をされている。衣服や装飾品、王宮内の居心地よい部屋と調度品。それにこの旅行も。こんな風に改めて言われるということは、きっと大きなものなのだろう。ラファの考えを察知したのか、ウィルクがにこやかに微笑んだ。

ちょうど曲がやんだ。ウィルクがラファから一歩離れて懐から小さなものを取り出す。それは鍵だった。

「これ」

受け取ったラファは驚いてウィルクを見詰めた。ウィルクが微笑んで頷く。

「この城を君に」

「本気ですか？」

「ああ。とはいえ、この城は魔力のない人間には辺鄙な場所にある古い城であまり価値もないのだが」

ウィルクは申し訳なさそうに説明してくれるが、それでも城をまるごとだ。

「受け取ってくれないか」

「ありがとうございます」

正直、大き過ぎる贈り物で、もらっていいのか悩む。でもこの魔法の城は魔法使いのラファにとってとても魅力的な場所で、それ以上に大切な場所だ。ウィルクとの思い出が詰まっている。

たとえ、ウィルクと別れることになっても、この城だけはラファの手元に残る。

「嬉しい」

ラファはぎゅっと鍵を握り締め、胸に当てた。

「喜んでくれてよかった」

ウィルクも嬉しそうだ。

少し滲んだ視界に、ひらひら花弁が降ってくる。

ああ、まただとラファは思った。もうラファの持つ春の精霊の加護では花弁や花は降ってこないはずなのに、降ってくるようになってしまった。ずっと原因を調べているけれど、わからない。それどころか、段々、頻度も量も増えてしまっている。

そんなラファの思いとは反対に、頭上をぐるっと見回したウィルクは嬉しそうに頷いて、不意にその場に跪《ひざまず》く。

「ウィルク？」

ウィルクはそのままラファの手を取ってきた。ウィルクの濃青の瞳がラファをじっと見上げてくる。ラファの胸に悪い予感が兆す。

「ラファ、私と結婚して欲しい」

「っ」

とうとうこの日が来てしまった。

求婚されることは知っていた。当のウィルクが再会した日に口を滑らせたから。ラファだって、その日がいつ来るだろうと、楽しみにしていたのだ。最初の頃は。

「ごめんなさい」

ラファは嗚咽《おえつ》を堪えて断りの言葉を絞り出した。

「ラファ?」

ウィルクが信じられないといった表情をする。ラファの震える手を握り締め、立ち上がって顔を覗き込んでくる。

「一体、どうして」

ウィルクは酷く動揺している。無理もない。断られるなんて思ってもみなかったはずだ。

「ごめんなさい。結婚はできない」

「私が嫌いになったのか?」

ウィルクの問いかけに、ラファは首を振った。そんなわけがない。むしろ、国王としての務めを立派に果たすウィルクを傍で見て、ますます好きになった。

「あなたと結婚できない。森に帰らないと」

込み上げてくる涙を我慢しながら、ラファは再び伝えた。ウィルクが目を見開き、ラファの身体を強く引き寄せる。温かくて愛おしい。

「何を言っているんだ。私が何か仕出かしたか？」

ラファはウィルクの肩に額を擦り付けるように頭を振った。

「仕出かしたのは俺です。また勝手に花弁が降ってくるようになった」

二人の足元には先ほどラファの降らせた花弁が散らばっている。

「どうしてそれで求婚を断って森に帰る必要がある？　宮廷魔法使いとなったのだからラファが魔法使いとはもう誰でも知っている。王宮にいる限り、身の安全は保障される」

「宮廷魔法使いだけならいいんです。魔法を使う仕事だけしていればいいから。でも、あなたと結婚するとなるとそうはいかない。政治の場では嘘を吐かなければいけないことだってあるでしょう？」

「それは」

ウィルクは否定しなかった。

例えば、他国からの贈り物を喜べなかったら。招待された宴を楽しめなかったら。嬉しくなくても嬉しいと言わなければならないとき、相手はラファが花弁を降らせるか否か、降らせた量はどれくらいかで、ラファの本心を量れてしまう。

「森に帰って、花弁を降らせない方法を考えます」

「王宮で考えるのは駄目なのか？」

「婚約したら、国王の婚約者として人前に出ないといけないですよね。だから森に帰るんです。あなたとの結婚を諦めたくないから」

ラファの決意に、背中に回った腕の力が強くなる。

「ラファ。結論を出すにはまだ早い」

ウィルクも諦めきれないのだろう。離れたくないという気持ちがひしひし伝わってくる。森に帰ったとして、花弁を降らせないようになれるまでどれくらいかかるか。冬の秘宝はもうないのだ。

「原因を探ろう。いつ降らせた？」

「最初は再会したとき。でも慣れてくれば降らなくなると言われて、実際それから俺のお披露目の宴までは降らなかった」

「ああ。そうだったな。星の煌めく夜に降る花はとても綺麗だった」

ウィルクはラファの頬に手を添え、自分へと向かせる。大丈夫、自分が付いていると、濃青の眼差しが語っていて、ラファは少しだけ落ち着けた。

ウィルクはラファの手を取って寝室に連れていく。三階の西の端の、ウィルクが使っていた部屋だ。

寝椅子にラファを座らせ、手に果実酒のグラスを持たせてくれる。一口飲むと、甘い味にまた少し落ち着いた。

ウィルクが隣に座って、ラファの髪を撫でてくれた。肩に腕を回され、ウィルクに凭れかけさせられる。好きだなと思う。この温もりを手放したくない。

「次はこの城に避暑に行こうと誘われたとき」

「そのまま愛し合った日か」

親指で唇を擽られて、その指先すら愛おしい。

「他は？」

「一年分の手紙を見付けたとき」

「ああ。愛し合っている最中に、寝室の引き出しを間違って開けてしまったのだったな」

手紙は改めてラファが受け取った、大切な宝物だ。

「他は？」

「庭の東屋《あずまや》で美味しい果実をいただいたとき」

夏の始めの暑い日だった。昼下がりに二人で庭を散策していて、ウィルクが持ってきたのだと差し出された果実の甘さと瑞々しさが身体に染み入るように美味しかった。

「あのときは、青い花弁が二、三枚だけだっただろう？」

「それでも降ってきたんです」

「それから?」

「あとは……。その、愛し合っている最中、とか」

「そうだな。酷く感じ入ったり、何日かぶりで感情が昂ぶったりすると、降ってきてしまうようだな」

「……ずいぶん、よく覚えているんですね」

ラファはじとりとウィルクを見詰めた。ウィルクが苦笑する。

「実は、君が花を降らせるのが見たくて、どうしたら降らせられるかと検証していた」

「…っ」

なんてことをと、ラファはウィルクを睨み付ける。

「ラファがそんな風に悩んでいるとは思ってもみなかったんだ。早く気付いてやればよかったな。すまない」

神妙に謝られては許すしかない。

「それに今の話を聞いて確信した。花を降らせるのは、全部、私と二人きりのときだな。そして私と触れ合っているときだ」

「え?」

言われてみればその通りだ。

「私以外といても嬉しいことはあるだろう? 今の君は宮廷魔術師として頼りにもされている

んだから」

確かに、ラファがこちらに来て始めた仕事のいくつかに成果が出始めていて、喜ばれることも多い。

都の郊外の畑の植物の育ちが悪いという相談には現地に赴いて即座に解決して、農民達にとても感謝されて、誇らしい気持ちになった。

南からやってくる夏の風の精霊の気配が淀んでいて、病が流行りかけているのに気付いてすぐに対処できたときは国民のみならず大臣達にも喜ばれた。

「あなたと二人のときしか、降ってこない……？」

一体、どういうことなのか。

「一つ思い当たることがある」

ウィルクは真剣な顔をしている。ラファは小さく喉を鳴らして頷いた。

「君が花を降らせるとき、私の身体が奇妙にざわめく。呪いのせいで触れたものを凍らせたときにも似たような感覚があった」

「どういうことですか？　あなたの呪いは消えたはず」

ラファは慌てて自分の頬に添えられたウィルクの手を握った。瞼を閉じて、ウィルクの魔力の源を探る。

「これは……」

呪いを消すために使われたはずのラファの春の精霊の加護が、ほんの僅か、残されたままになっている。

「春の精霊の加護が？　私も魔法使いになったということか？」

説明をするとウィルクが驚く。

「いいえ、この加護の強さではそこまでは。でも……」

「でも？」

「あなたも喜ぶと俺の喜びと共鳴して、名もなき精霊に影響を与えてしまうくらい強い力になるんじゃないかと」

おそらく再会のときだ。あのときのあまりの嬉しさで、すっかり失ってしまったはずのラファの春の精霊の加護が戻され、ウィルクに残された精霊の加護の力と結び付いてしまった。

「……なるほど」

頷いたウィルクの声は弾んでいた。

「では、対処法は？」

「共鳴を切る魔法陣を刻んだ魔法具を身に着ければいいんです。光の精霊と、風の精霊……。いっそ夏の精霊の力も借りたら、魔法具が発熱して知らせてくれるのでは？」

「ラファ」

魔法具に刻む言葉を考えていたら、笑いを含んだ声に呼ばれた。

「あ、すみません」

つい集中して、ウィルクのことを置き去りにしてしまっていた。

「その調子なら対処法はすぐに見付かりそうだな」

「はい。こんなことなら、早く相談しておけばよかった。心配をかけてすみません」

項垂れて謝ると、ウィルクがゆっくり目を瞬く。

「そうだな。今回はともかく、魔法についての悩みでは役には立たないと思うが、支えてやることはできる」

ウィルクの手が優しく髪を梳いてくれる。大きな手が心地よい。

「君は一人じゃない」

「はい」

言葉の一つ一つがラファの心を潤す。

「ところで」

今度は両手を取られて、まとめて握り締められる。

「問題は消えてなくなったようだが、先ほどの返事はもらえるかな？」

「あっ」

そういえば求婚されたのだった。

ウィルクがじっと見詰めてくる。もう断られることはないと確信している瞳だ。

「っ」

頭上で名もなき精霊が花弁を生み出したのがわかった。

間違いない。ラファの気持ちとウィルクの気持ちの二つともが高揚すると、花弁や花が降ってくる。そして触れ合っていないと、この共鳴は起きない。

「まだ返事していないのに」

赤や青、黄色の花弁がぱらぱら降ってくる。なんて恨めしい力だろう。でも愛おしい。

「あなたと結婚します。ううん、俺からも言いたい。結婚して下さい」

花弁に先を越されてしまったが、ラファははっきり告げた。

「もちろんだ。幸せにすると誓う」

「俺もあなたを幸せにしてみせます」

途端に、花弁は一層降りしきり始める。ウィルクも喜んでくれているのだろう。

「ラファ、せっかくだからこのまま検証しないか？」

「検証って何を？」

ラファは目を瞬いた。目縁に溜まっていた涙が瞼に押し出されて頬を伝い落ちていく。

「私達がどれだけ喜べば、どれだけ花弁が降ってくるのか」

ラファはウィルクの意図を悟る。幸い、休暇中はどれだけ怠惰に過ごしたって誰にも咎められない。

「そうですね」

ここしばらくの不安からやっと解放されたのだ。それも悪くない。

返事の代わりに、ラファは楽しそうな笑みを浮かべる恋人、いや婚約者の唇に、自分のそれを押し当てた。

翌日、二人は花弁と花に埋もれた褥で目を覚ます。

おわり

あとがき

本作をお手に取っていただいてありがとうございます。

おかげさまでダリア文庫様で二冊目を出していただく運びとなりました。前作はどちらかと言うと、一緒にいるだけで幸せをしみじみ感じるような二人かなと思うのですが、今回は、一緒にいると楽しくて楽しくて仕方ない、春みたいな二人なんじゃないかなと思います。

冒頭のシーンを主人公が森で動物とピクニックにしてみたものの、この子はそういう大人しいタイプじゃないなとごっそり書き換えたり何やらと、それなりに紆余曲折はありました。あったのですが、原稿がとにかく最初から最後まで楽しくて楽しくて。こんなに楽しい原稿はかつてなかったんじゃないだろうかというレベルで楽しかったです。

私は非常に楽しかったのですが、魔法やらの設定面が込み入っていたこともあって、担当様にはとてもご苦労をおかけしてしまったと思います。細かいところまで見ていただいて本当にありがとうございます。そして担当様が、もう花は降らないのかと寂しがってくれたので、番外編が追加されました。番外編もやっぱり楽しかったです。

イラストは羽純《はすみ》ハナ先生に描いていただけました。ラフの時点で、ラファは可愛いし、ウィルクはかっこいいし、そして獣（妖精）達も最高！　とテンションが上がりまくりでした。いただいたカラーイラストを見てはニコニコしています。本当にありがとうございました！

イラストといえば、本文イラストでちょいちょいリリが隠れているのがまた可愛くて。そんなリリですが、これからもラファのところにやってくると思われます。


再会から少し経ったある日の早朝、ウィルクが目を覚ますと、広い寝台に一人きりだった。ラファにも自室はあるが、ほぼ毎日ウィルクの部屋で眠っている。今日は朝早くから仕事があるとは言っていなかったはずだとウィルクは身体を起こす。

「まだいるのか？」

「もっともっと！」

ふと、どこからか声が聞こえてくる。

似たような展開がいつかもあったなとウィルクは苦笑して、寝室を出る。中庭には、これでもかとばかりに花が咲き乱れていて、その中を見覚えのある小鳥が忙しなく飛び回っていた。

「あ、ウィルク」

恋人が振り向く。花の中で朝の光を纏って満面の笑みを浮かべるラファは、絵にして残したいほど麗しい。実際のところ、ラファ本人が来るまで国王は誑かされているんじゃないかと疑っていた者もいたのだが、そういう者達までラファの素直さにすっかり毒気を抜かれ、可愛いとも言い出している。その通りだという自慢したい気持ちと、恋人を独り占めしたい、誰かに奪われたらなどという気持ちがせめぎ合う。絶対に誰にも渡したりはしないが。

「おはようございます。リリが遊びにきてくれたんですよ」

「レガレノの森から、わざわざか？」

「いいでしょ、別に。だってラファの花が一番美味しいもん！」

この妖精の態度はラファに対するのとそれ以外で温度差が大きい。ウィルクは妖精といえば主人に忠実に従うルースくらいしか知らなかったが、こちらはずいぶんと甘ったれだ。

やれやれ、まあすぐ帰るだろうし、今日くらいは譲るかと思ったウィルクだが。

「ラファ！　僕、しばらくこっちにいてもいい？」

薄赤の頭で頬ずりしてくる小鳥に、ラファは気軽にいいよと応じている。

「いいですよね？」

無邪気に確認してくる恋人。どうやらウィルクの目下の敵は人間ではなく妖精のようだ。


最後になりましたが、改めてましで。本作で初めましての方も、以前からお付き合いいただいている方も、沢山の本の中から本作を手に取っていただいてありがとうございます。またお会いできますように。

２０２１年１月　水樹《すいじゅ》ミア

「いつまでも幸せに暮らしました」
そんな言葉が似合う素敵な２人の物語に
少しでも華を添えらえていれば嬉しいです。

ダリア文庫

ヤハナン王国の田舎で育ったマキナは、突然やってきた王家の使者に、自分が王家唯一のオメガだと知らされる。さらに、大国イビドラの皇帝・アヌマーンの後宮に入り、子を成すという使命を課せられてしまう。ライオンに変容でき、傲慢で冷酷だというアヌマーンだったが、従者に薬を盛られ強制的に発情したマキナを甘く淫らに慰めてくれて――!?

✻ 大好評発売中 ✻

初出一覧

氷の王子と魔法使いは花の褥で恋を語らう … 書き下ろし
花の褥をもう一度 …………………………… 書き下ろし
あとがき ……………………………………… 書き下ろし

ダリア文庫をお買い上げいただきましてありがとうございます。
この本を読んでのご意見・ご感想・ファンレターをお待ちしております。

〒170-0013 東京都豊島区東池袋3-22-17　東池袋セントラルプレイス5F
(株)フロンティアワークス　ダリア編集部
感想係、または「水樹ミア先生」「羽純ハナ先生」係

氷の王子と魔法使いは花の褥で恋を語らう

2021年1月20日　第一刷発行

著　者
水樹ミア

発行者
辻 政英
発行所
株式会社フロンティアワークス
〒170-0013 東京都豊島区東池袋3-22-17
東池袋セントラルプレイス5F
営業　TEL 03-5957-1030
編集　TEL 03-5957-1044
http://www.fwinc.jp/daria/
印刷所
中央精版印刷株式会社